爱与热爱，让我们勇往直前

于月仙
于英杰 著

中国出版集团 现代出版社

为"中国好姐姐"点赞

刘双平

　　在众多文艺界朋友中，"谢大脚"于月仙是我认识较早的朋友之一。我们交往甚多，主要源于一起参加了多项公益活动。

　　从2013年6月开始，本山传媒与农业部科教司联合举办了一个大型公益活动——"中国美丽乡村快乐行"大篷车公益演出，本山传媒组织了强大的演员阵容，赴农业部选定的"美丽乡村"义务演出，第一季在东北。

　　作为活动领队，我很希望于月仙加盟。我给她打电话试探，没想到一听说是公益演出，她立马爽快答应了。

　　随后半月，我们的足迹遍布东三省许多乡村。生活中的于月仙，与《乡村爱情》里"谢大脚"性格相似，总是一副热心肠，不管是对身边人，还是对台下观众，都是热情友好。只要她一登上舞台，就会赢得雷鸣般的掌声。

2013年11月，"中国美丽乡村快乐行"大篷车公益演出第二季拉开帷幕，这次是赴福建、江西、湖南等革命老区演出，于月仙仍积极参加。

2013年11月23日，"美丽乡村快乐行"第二季的所有演职人员齐聚福建省漳州市长泰县山重村。于月仙不仅按时抵达，还带来了她弟弟。

在这山清水秀的村子里，我第一次见到于英杰，也就是于月仙家的"户口本"——唯一的男孩子。

英杰个头不高，戴着眼镜，脸上总带着腼腆而纯净的微笑。但当时，我并不知道这是于月仙的弟弟，只是觉得这小伙儿有点腼腆，但积极性很高，总是跟在我身边帮忙。我就算去一趟洗手间，英杰也紧紧跟随。从洗手间出来时，看到他站在太阳下满脸认真等待的样子，我的内心被触动了：这小伙儿太可爱了！

随后半月里，我和英杰天天在一起，对他的了解也不断加深，觉得他阳光善良、文笔很好，是个难得的人才。

后来，当全体演职人员抵达江西新余市昌坊村时，我才发现，于英杰竟然是于月仙的弟弟！我很震惊，也很激动，跟于月仙说，能否让英杰到本山传媒工作，给我当助手，他待在家里太可惜了！

姐弟俩听后，都感到突然，说要跟家人商量一下。

2013年年底，于月仙在电话里兴奋地告诉我："于秘书"元旦前可以来本山传媒上班了。

此后，我和英杰在一起的时间就更多了：一起参加筹备深圳"刘老根大舞台"开业，"中国美丽乡村快乐行"第三季在北京、河北、山东的公益演出，筹备郑州"刘老根大舞台"开业等工作……

2014年以来，我和英杰连年搭档参加北京"刘老根大舞台"的员工春晚，相继表演了小品和相声，分获了一等奖和二等奖。

在英杰心中，大姐于月仙不是一般的姐姐，而是救命恩人，是他们家的顶梁柱。他看姐姐的眼神，在任何时候都是热烈而崇敬的。

于月仙对弟弟的关爱也超乎寻常！见过好姐姐，但没见过像她这样的好姐姐。如果把"中国好姐姐"这一荣誉授予给她，绝对名副其实。

于月仙从艺多年，演绎了许许多多的人物和故事，但我觉得，她最精彩的故事，就是精心呵护弟弟，助力弟弟战胜病魔、人生再度扬帆启航的感人至极的故事。这是人性中最灿烂的光辉，这是亲情中最动人的交响。

英杰在我身边工作后，我一直建议他和姐姐合写一本书，记录姐弟情深的故事，讲述他敢于同命运抗争、自强不息的不凡经历。很快，这一建议提上日程，他俩把对亲情的感悟和对社会的感恩转化为一段段未加修饰的文字。成稿后，姐弟俩又希望我为这本书写些寄语，我欣然应允，并为书中的点点滴滴感动不已。

动人心者，莫过于亲情，每一缕闪烁的人性之光总能触动灵魂，温暖人间。期待本书面世，相信会给广大读者朋友带来前行的动力。

姐姐献大爱，倾情为英杰。迎难勇跨越，生命不停歇。

第三章　以梦之名

第四章　路远且长

第一章

芳华时代

我是大姐于月仙

1.

打我懂事起，记得我妈经常对我说的话，就是"对不起"。

我问她："你为啥要给我道歉？"

"因为你进不了你们老于家的家谱。"她说，"只有男孩才能传宗接代，才是老于家的'户口本'。"

但那时我毕竟还小，不知道家谱是个什么谱，更不知道户口本是个什么本。我只知道，我在这个家族里处处受限，进不了堂房，出不了大院，甚至逢年过节一家人吃饭，我都不能和他们坐一个桌。

而这一切，只因为我是一个女孩儿。

2.

我叫于月仙，1970年出生。我出生时，我的爷爷奶奶极为痛心疾首，纷纷抱怨我妈为什么不能给他们生一个带把儿的男孩儿。于是，他们二老在家没事儿就用指头戳我的脑门儿，边戳还边念叨着："没用的东西，泼出去的水，早晚都是人家的。"

童年的时光重复又漫长，奶奶每天对着我叨叨，跟念经似的，时间一长，我甚至都形成了条件反射——每当她准备戳我时，我就顺势倒在炕上，让老太太戳个空。

有一年，家里突发地震。奶奶当时还在戳我脑门儿，而我身边的东西突然都开始晃动起来，大家一时间都蒙了。我手足无措地站在原地，这时房顶挂着的一个菜篮子，擦着我的脸就掉了下来。血从我破掉的鼻子上流了出来，我没顾得上擦，忙找了堵墙贴着站好，直到地震结束。

我靠着墙看着外面的人四散而逃，直到地震结束也没见有人来找过我，似乎我是这个家里多余的一个人。

我到底是做错了什么，才不配拥有家人的关心？

3.

在这个家里，爷爷奶奶永远不允许我出去玩，也不让我见其他小朋友，一直把我锁在院子里。所幸我家还算大，有几间能让我蹦跶的灰砖大瓦房，院门口还有俩石狮子——但因为很少出门的原因，那俩狮子我总共也没见过几次。

我家祖辈多出秀才、举人，爷爷沿袭了书香家风，有喝茶的习惯。从早上九点开始，家里就要清场。爷爷与奶奶端坐在堂房，泡茶，吃点心——那点心特意锁在三帝柜里，从不给我吃，直到现在我也不知道是什么味道。

可那依然是我最自由惬意的时光。每当远远听到爷爷开柜锁的声音，我就知道：没人管我了。我兴奋地冲到院子里，开始飞檐走壁地玩。

我家四周是老四合院般的高院墙，墙边栽了一排大树。我爬树很快，上了树后，借着树枝一悠，就上了墙，在墙上助跑，抓住房檐，再一悠，就攀上了房顶。刚开始那几年，我偶尔还会不小心磕破点皮，后来爬得溜了，越来越熟练，一套动作下来，毫发无伤。

上了房的我，喜欢跷着二郎腿睡觉、晒太阳。但更多时候，我就在房顶走来走去，像侦察兵一样看着远方。我看到炊烟袅袅，从各个我没有去过的陌生的院子里飘到天空。我看到了街道、行人……

我可以看到很远很远，我想知道那远方的一切，那里的人们都过着什么样子的生活。

4.

在房顶的时候，我曾突发过很多奇思妙想，可我不能告诉爷爷奶奶，更不能告诉我爸。我也不想告诉我妈——我出生两年后，妈妈又生孩子了。可这次，仍然是个女孩儿，我的妹妹于月宏。

又过了两年，彻头彻尾的打击到来了：三妹于月智出生了。

因为接二连三地生了女儿，她在家里有些抬不起头，我不想让她再为我操一点儿心了。

失望与埋怨的声音包裹着我们，就连我爸也对这些女孩儿失去了耐心，平时就把两个妹妹丢给我这个大姐照顾。可她们俩还小，经常起冲突，但无论是她俩谁的错，只要这冲突被他发现，那遭受责罚的人，一定是我。

我爸说，这一切都是因为我没有照看好妹妹，是我没有树立好作为一个姐姐的榜样，反正无论怎样，都是我的错。

每当我父亲因此而迁怒于我，让我认错时，我都一声不吭地听着、忍着。

偶尔我也会觉得委屈无助。有一次，不记得是什么原因了，我爸又因为两个妹妹而批评起了我，那次我也倔了起来。他让我认错，我噘着嘴偏不认，于是他让我滚出屋子，站在院子里思过，说什么时候反省好了，什么时候再回屋睡觉。

那是一个下着暴雪的夜晚，赤峰的雪夜又冷又静，我独自站在落满积雪的院子里，周围一片漆黑。我就这样站在黑夜里，除了冷以外，什么也感觉不到，也什么都看不到。

可是渐渐地，约莫过了半小时后，有那么一刹那，我忽然觉得，这雪在发光，那些落在身边的雪，都亮了起来，像是显现了某种魔力一般。

那一刻我整个人都呆滞了，就这样痴痴地看着，仿佛那些光，可以透过我的身体，一直照亮我的整个童年。

5.

生了三口人，全是女孩子，这已经上升为全家人的耻辱了。妈妈在家越来越不受待见了，我经常发现她一个人默默地流眼泪。

平时，我们三姐妹被锁在家院里，像是一个不能被提及的秘密。但是过年怎么办呢，总得走亲戚啊，后来，我爸做了一个重大的决定——不许我们出去给人拜年。

"过年老老实实在家待着,别出去丢人现眼。咱家孩子多,又都是女孩子,去拜年人家还得给三份压岁钱。人家知道了不得说闲话啊?"他还说,"这哪里是去拜年,分明就是去讨钱!"

我们默认了这条规定——不去拜年,也是这个家族里女孩子们活下去的一种尊严。

但人毕竟是要成长的,等我渐渐再大一点后,某一年春节,我爸忽然对我说:"月仙,你也不小了,不能总关在家里,你去代表咱们家给亲戚们拜个年吧——也算是分担家务了。"

可是,他还给我补充了一条规定:我不能向他们讨红包,中午十二点之前必须回家,不能留在人家家里吃饭。

这是一条死命令,做不到,我就又得挨打。

我家在赤峰是大户,亲戚众多,所以大年初一的上午八点,我用十六开的纸,列出一个长长的名单,规划好了拜年路线,兜里插支笔,挨家挨户地去拜年,拜完一家,就在那家名字后打个钩。

我骑着巨大的二八式自行车,在赤峰寒冷的冬天里拼命地蹬,脸冻得通红。

6.

每次拜年，我最期待的就是去表姐家。

她是一名舞蹈演员，还有个姐姐在沈阳是评剧演员，一个表哥在北京学京剧。大年初二，他们都在表姐家聚会，身边还有从四面八方到来的陌生同学们。那是怎样一片热闹的景象呢？我安静地站在一边，听他们交流着既遥远又新鲜的第一手消息，看着他们施展着各自的才艺、表演着精彩的节目。我看得目瞪口呆，舍不得离开。

我默默地观察着他们切磋的动作，一边崇拜，一边向往。

就像是回到了小时候在房顶无忧无虑的日子，他们所描述的世界，应该就是我怎么望也望不到的远方吧。我想快快长大，像他们一样，自由地跳舞、歌唱。

于是，每年正月初一，我都早早醒来，穿着鹅黄色的夹克衫，戴着紫色的贝雷帽，在去表姐家的路上，自行车都骑得轻快起来。

我要是一个男孩儿就好了，我在骑车的时候忽然想。我要是一个男孩儿，就可以成为家里的"户口本"了，就可以得到爷爷奶奶妈妈爸爸的宠爱了，我就可以自由地去我想去的地方了。

那时候，我还不知道，家里真正的"户口本"，就要来了。

女侠的童年

于英杰

1.

我们于家现在的家谱，由九十三岁的爷爷于洪源整理、传承。

据家谱记载，赤峰于家祖籍山东武定府（现滨州市惠民县）小于家庄，是清嘉庆七年（1802）经商到赤峰（当时名叫赤峰县）定居的。来到赤峰后，我们家的生意一度做得很大，成为当地颇有声望的一族，到我父亲于文广这一辈，已是第七代了。

有了家谱，我才能知晓自己祖祖辈辈一路走来的历史。但是家谱只记男不记女。

所以，生儿子是家族里的头等大事。

2.

1967年，我爸爸二十岁了。那年的冬天，我爷爷、奶奶去我姥姥家说亲，四个老人盘腿上炕，很快就敲定了这门亲事。

第二年冬天，我爸、我妈双双从呼和浩特市请假回到赤峰，在老家办完了婚事。婚礼办得不算隆重，但很热闹，亲友们都来祝贺，我爷爷当晚高兴得都喝醉了。

1970年，我大姐于月仙在呼和浩特市出生了。

姐姐自然是进不了家谱了。爷爷、奶奶非常重男轻女，认为女孩子是"泼出去的水"，男孩子才是"户口本"，才能传宗接代。所以，大家非常期待我妈能生一个男孩儿。

两年后，我二姐于月宏在众亲友的期待中出生——又是一个女孩儿。我爷爷、奶奶很失望，经常唉声叹气，我妈因此压力很大。

等到1974年，我三姐于月智出生了，又是一个"泼出去的水"。

我妈几近崩溃，知道自己在家族中再也抬不起头了。

3.

我爷爷、奶奶都不喜欢我的三个姐姐，我奶奶经常用手戳我大姐的脑门子，生气地说："没用的东西，泼出去的水！"

因为没生出儿子，我妈哭了不知多少次，我大姐从小就看在眼里。内蒙古大草原有一首民歌叫《出嫁歌》，大姐从小就爱唱："马儿送我到远方，阿爸阿妈保安康。来世托生男子汉，终身陪伴在父老身旁。"

小时候我不懂，只觉得她唱歌非常好听，嗓音洪亮，调门儿高亢。现在想想，大姐在那个时候，一定希望自己能够变成一个男孩儿吧。

她手脚灵巧，身轻如燕，爬树如走平路，又可以从树干上轻轻一悠跳到墙上，在墙上一个助跑翻上房顶，经常坐在房顶上看蓝天白云，看炊烟袅袅，边看边唱歌，一坐就是一个上午。

那时候的她最向往的，是成为一名女侠，飞檐走壁，行侠仗义，劫富济贫，自由自在地在江湖上行走，最重要的是没人会嫌弃她是个女儿身。她愤愤不平，因为自己明明可以像男子汉一样有责任、有担当，凭什么仅仅因为性别就遭受冷落？

她一直希望能证明给家人看，证明她于月仙是不输给任何男人的。

而现在，我看着姐姐一步步成长为全国知名的演员，甚至在我的生死关头，因为她的坚定努力才给了我第二次生命。

我的大姐于月仙，她是个女孩儿，进不了家谱。

但是，她真的撑起了我们的家。

她比任何人都要强大。

我的弟弟于英杰

1.

1982年2月，随着一声啼哭，我的弟弟于英杰在赤峰出生。

我妈终于生男孩儿了！

那一天，我们全家都在为弟弟的出生而欢呼。我那个从未给三姐妹买过礼物的奶奶，也特意带来了五斤油条看望我妈妈。

家里终于有了能够传宗接代的"户口本"了，我的妈妈也终于扬眉吐气了。

我是姐妹中第一个知道这个好消息的。从医院走出来以后，我像是做梦一样，既兴高采烈，又有些无所适从。我骑上大自行车，拿着我攒了好多年的钢镚儿，去商店给弟弟买了婴儿粉、小勺子、小碗，还有他能穿的小衣服。

那会儿，我还背着我爸妈，偷偷在少年宫里练舞蹈。我买完这些东西后，又辗转去了少年宫，把我跳舞认识的朋友一个一个拉到一旁，告诉他们说："我于月仙有弟弟了，我们老于家终于有'户口本'了"。然后一个一个地给他们发喜糖。

我太高兴了，高兴得都有些不能自已了。

2.

弟弟的出生，彻底改变了我们三姐妹的生活。

英杰出生之前，我们三姐妹在家特别无聊。因为不能出门玩耍，我便想方设法地找乐子，披着床单被套给妹妹们表演节目。我最喜欢演侠女。"侠女"这个词，是奶奶讲故事时告诉我的。奶奶虽然大字不识一个，但是记忆力超级好，自从嫁给爷爷后，爷爷在喝茶时会给奶奶念小说，她便把那些故事全部记下了。

有时，我还会拉着妹妹们去院子里跳舞。院子里有一口压把井，井边有一个水泥小池子。我把池子的排水洞堵上，往池子里压满水，然后妹妹们围成一个圈，我就在小池子里跳荷花舞。

现在，英杰出生了，我们三姐妹"苦中作乐"的日子也结束了。

照顾弟弟，成了所有人生活中最重要的事。

我做饭的时候，老二就看着弟弟；老二要去扫地的时候，老三就陪弟弟玩。三姐妹轮番上岗，不是抱着他，就是背着他，都舍不得让英杰的脚落地。

因为弟弟还小，于是我做饭的时候，会特意用小鸡舌头般的薄面皮做成一口一个的小饺子给弟弟吃。这时候老三不乐意了，"我都没吃过这么小的饺子！"老三哭着说，"你们都对弟弟好，对我一点儿都不好。"

她发觉自己失宠了，于是天天都吃弟弟的醋，经常哭个不停。

是啊，英杰可是全家人的心头肉啊！

他就像一颗新生的太阳，全家人都成了围绕他旋转的行星。

3.

弟弟英杰在全家的呵护中顺利地成长着，他的身上有我们家族对未来的全部期望。慢慢地，他自己也感受到了这份使命，五岁那年，他甚至得意扬扬地告诉我们三姐妹："爸说了，我是'户口本'，而你们都是没用的东西。"

即便听到这种话，我们也从来没有迁怒过他，从小到大，我们三个姐姐都轮流地宠爱着弟弟英杰，他要什么我们就依什么，哪里还会生他的气呢？

但是，作为家里的大姐，我确实打过他一次。

英杰出生后，我们离开了奶奶家，住进了楼房里。我爸不知道因为什么原因，把一罐汽油放在了厕所里。一天，弟弟上完厕所，发现了那罐汽油，于是他很好奇地把汽油倒了出来，点着火玩。火花一下子就炸开了。

我听到弟弟的呼救声，被吓坏了。马上号令妹妹们去营救弟弟，自己赶去厕所灭火。火势不大，很快就被扑灭了，但是大家都惊出了一身冷汗。

我气坏了，冲到英杰面前，直接就给了他一个耳光。那一巴掌打得太过用力，把弟弟的鼻血都打出来了。

英杰吓傻了，这可能是他这辈子，唯一一次看见他的姐姐对他动怒。

"以后不准再做这么危险的事情了！"我几乎歇斯底里，"咱家谁都可以出事，就你不能！"

教育完英杰，我走进房间里不再搭理他。两个妹妹也是头一遭经历这种事，愣了一会儿，也跟我回到房间里，丢下弟弟一个人站在事故平息后的厕所前反思。

我们太爱英杰了，我们的这种爱会不会太娇惯他，让他变得骄奢，变得自大呢？

房间里，三姐妹鸦雀无声；房间外，传来一些乒乒乓乓的细小声响。我不知道英杰在干什么。过了一会儿，我听到有轻轻的敲门声。房门打开了，英杰小心翼翼地走了进来，手里竟然端着一碗热气腾腾的面。

"姐姐，对不起……"英杰小声地向我赔罪。

我家英杰，竟然学会下厨啦?

我又惊又喜，哪还惦记着跟他置气，若不是他端着一碗面，我恨不得立刻把他紧紧地抱在怀里。

4.

那时候，我们全家人都全心全意地爱着我们的小弟弟，小心呵护着这唯一的"户口本"。

我的年纪越来越大了，我知道我无忧无虑的时光不会太长了，但我没想到，那快乐的日子仅仅持续了八年。

1990年，我刚过了二十岁的生日，弟弟的身体突然出现异样，他以前笔直光滑的背渐渐变得弯曲——他开始"罗锅"了。

我那个八岁的弟弟并不知晓，一场关乎他生与死的挑战，已经无声无息地开幕了。

5.

那时候，我毕业后留在赤峰第一职业高中当老师，其间也去沈阳音乐学院舞蹈班进修过一年。在家里无聊的时候，我就拿出老师范儿，教我的两个妹妹跟英杰练形体，毕竟形体好了，人才能美嘛。

我常常跟英杰说："你是个小伙子，将来是要娶媳妇的，作为咱家的'户口本'，自然也得高大挺拔英俊潇洒才行嘛。"

可正是这时出的岔子。

有一天，我让英杰抬头挺胸收腹练站姿时，忽然发现，他的胸前鼓起了一个小包，我很奇怪，便上前摸了摸那个小包——硬硬的，像是骨头。

"疼吗，英杰？"我有点担心。

"不疼啊！"英杰若无其事地说。

真的没事吗？我摸了摸我自己，又去摸了两个妹妹，发现她们身上也都没有这块奇怪的凸起。可是英杰看起来确实没受影响——难道是我想多啦？

"没事就好，那咱继续练！"前思后想得不出结果，索性继续练下去吧。

17

可是，日子一天天过去，那块原本只有鹌鹑蛋大小的凸起，变得越来越大了，渐渐就长成馒头大小了。我按捺不住了，去找了我爸，我说："爸，我们英杰的身体可能有问题。"

"有什么问题？能有什么问题？"我爸暴怒，"没问题！你别瞎说！"

我没想到他竟然会是这个态度，就用求助的眼神看向妈妈。

妈妈仓促地低下头，躲开了我。

"可是——"

"没什么可是的，干你的活儿。"爸爸起身就把我赶了出去。

我不理解他们的想法。如果英杰真的是有病，那就去医院看看啊！这样装聋作哑，到底是什么意思呢？

我只好每天默默地观察着英杰身体的变化——一开始，他确实没什么感觉，可是后来，不光他的前胸凸起，就连他的整个后背也开始弯曲了。

时间一天一天过去，英杰的脊柱变得更为畸形，身体像是被一条无形的绳索向右边牵扯着，在外人看起来，滑稽又可怖。

英杰的这个病，俗称"罗锅"，很多年后，我才知道，它的学名叫"脊柱侧弯"，是一种危害青少年和儿童的常见疾病。可再怎么常见，我也不会想到它竟然能发生在我弟弟身上！

　　我不明白，我们全家人众星捧月地呵护着他，为什么老天爷要给我们开这么一个玩笑。

　　一开始，我爸完全不能接受，也不许我们提，以为那病会慢慢自愈，就任由英杰的背越来越弯。直到病情愈演愈烈，脊柱的弯曲终于压迫到了他的内脏，英杰开始明显感受到痛苦了。这下，我爸妈才真正意识到问题的严重性，他们慌了，带着英杰四处去医院看病。

　　可我们转遍了赤峰小城的医院，都没办法确诊英杰的怪病到底是什么，甚至都找不到对应的科室。没办法，我们只得又辗转了周边城市的各所大小医院，可都无济于事。我妈就病急乱投医，只要听到谁说可以治，她就一定要带着英杰去试一试。有一次，不知谁告诉她，说隔壁城市住着一个"老神仙"，能掐会算。我妈就想让"老神仙"给英杰卜一卦，看看有什么消灾的法子。

　　老神仙收了我妈一百块钱后，神神道道地说英杰是黑狗托生，五行缺火，早晚有星火之灾，让我妈多带英杰烤烤火，慢慢就好了，我妈信了。回来的路上，她和英杰刚好经过一根电线杆，上面的工人正在焊电线，电焊的火星落下来，正巧就掉到了英杰的头上，烫得他哇哇乱叫。

　　我妈一看，心想这老神仙挺灵的啊，这"星火之灾"这么快就来了。可是，英杰并没有好起来。

我们甚至还曾向气功大师求救，希望英杰能从每日的打坐练气中得到治疗。

90年代初，流行学气功，当时有个三十多岁的女人，得了乳腺癌，传说跟着某个"大师"练气，练了几个月就把病治好了，我妈一听，觉得这个很神奇，就迅速带着英杰去拜会那位"大师"。"大师"一看英杰的病，便说自己有一套气功推拿的招数，能治百病，说这功夫是传承自吕洞宾，是八仙遗术，只要英杰学会了，修炼到"天人合一"的程度，他的病就可以自愈。

英杰就住在"大师"家里，每天跟着他打坐、治疗、练气，争取早日练到"大师"口中的"天人合一"的程度。这样持续了半年，有一天，英杰终于坐不住了，跟我妈说："不练了不练了，什么'吕洞宾的八仙遗术'，坐得我每天脚麻屁股疼的，太迷信了，根本就不靠谱！这大师就是个骗子！"

甚至，英杰还尝试过"推拿治疗"，说是用推拿把英杰背后的包给推掉。推一次也得花不少钱，几个疗程之后，身后的包一点没见小，却把家里的钱都花得差不多了。

再到后来，我爸妈已经无所谓信不信了，只要能试一下就试一下，花多少钱都无所谓。英杰的病就像一个无底洞，家里值钱的东西全部都丢了进去，可他的那个怪病，却一点也不见有好转。

渐渐地，英杰的脊梁越来越弯，家里的生活也越来越难。我们束手无策。

英杰的童年，离开得比谁都早。

从八岁那年患病开始，他就变成了一个沉默寡言的少年。

而这沉默，一转眼就是十年。

"户口本"的童年

于英杰

1.

我出生那年，我奶奶已经六十五岁了，但一听说我妈"终于生了个小子"，还是高兴地一蹦三尺高，特意买了五斤油条来看我妈。后来我妈把这事讲给我听，说那是她人生中最自豪的时刻，我还不太理解，问她："五斤油条而已，至于这么开心吗?"

"不是为了油条，是因为你。"我妈解释说，"我之前生你三个姐姐的时候，可都没有受过这个待遇。"说完后，我妈又会摸摸我的头发，她说："英杰，你快快长，长成参天大树，长成男子汉，顶天立地，将来帮老于家多出力，多给妈妈争点气。"

我说："好，妈你放心，我于英杰将来长大了，一定出人头地。"

后来我发现，相比我的三个姐姐，爷爷奶奶确实格外地喜欢我。有时候，我爷爷没事就会逗我跟他玩。"英杰，"我爷爷拿着一把糖，说，"来给爷爷学个狗叫!"

我就乖乖地汪汪汪叫三声。

爷爷很满意，说："来，你再学个小猪叫。"

小猪怎么叫呢？我想了想，就"吭哧吭哧"地用鼻子吸着气，逗得爷爷开怀大笑。

笑完后，爷爷又捉弄我："聪明的英杰，那你再学个兔子叫吧！"

兔子叫？这可难倒我了。兔子怎么叫呢？

想了半天，我就"嗷呜"地吼了一声，把爷爷吓了一跳。

"你嗷呜什么？"爷爷不解地问，"兔子不是这么叫的。"

"刚刚那一声是老虎叫！"我嘿嘿一乐，"因为兔子被老虎吃掉了！"

2.

除了爷爷奶奶外，我的三个姐姐更是特别地照顾我，有什么好吃的、好玩的，总是第一个想起我。

那天，大姐往家里带了一包糖，让二姐三姐看到了，争着要去抢。"别急！"大姐拍了拍她们的手，"让英杰先挑。"于是我就踩在小板凳上，一颗一颗地扒拉着。

我挑了半天，三姐忍不住了，跺跺脚说："于英杰！你到底想要哪一个啊？我口水都快滴下来了。"

我扭头一看，她的哈喇子真的都快流到下巴上了！

相处的时候，我能感觉到二姐三姐常常吃我的醋，但同时，我也明白，她们是在全心全意地爱着我。

不过有时候，她们也会捉弄捉弄我。

在我们家里，女孩儿是不许出门玩的，所以姐姐们的娱乐常常就是憋在院子里转圈。但是我可以。有一次，我出去和小伙伴们一起在外面捉迷藏，玩到天黑，回来后，我敲敲大门，可那门死活就是不开。

我心想，不应该啊，这个时间家里肯定有人的。

我坚信我的姐姐们肯定在家，可等了十多分钟，我的手都快敲破了，那门仍是一点反应都没有。我有点急了。"你们都不要我了啊！"说着，我哇的一声就哭出来了，"你们要把于英杰扔在外面了！"

我刚一哭，门啪的一声就开了。"都怪她！"大姐指指二姐，"都是她非要逗你！"说着，她就要帮我擦眼泪，可手一摸，我脸上除了跑了一下午流的热汗外，哪有泪水？

"骗子！你没哭啊！"二姐说，"嗓门儿那么大，干号啊你？"

"当然没哭了！"我叉着腰哈哈地笑了起来，"我可是咱们老于家唯一的男子汉，怎么能哭呢？"说着，我又挺了挺胸膛，"男儿有泪不轻弹的!"

3.

虽然三个姐姐对我这么好，但那时候，只要一开家庭聚会，总能听到长辈们指着姐姐们的鼻子说："没出息，泼出去的水。"

每当听到这里时，我都会为我的三个姐姐抱不平：干吗老说她们是泼出去的水啊？明明身上都是一坨一坨的肉啊，那么胖，别说泼了，背都背不动啊……

说完我的三个姐姐，长辈们又会摸着我的脑袋说："还是男孩儿好，英杰长大啊，肯定是我们老于家的'户口本'。"

我一听这话，又郁闷了，我瞅瞅自己，胳膊是胳膊肚子是肚子的，虽然没有姐姐们那样胖，但也不苗条啊，怎么能说我是个本子呢？

后来我才知道，这就叫作"重男轻女"。

那时候，我无知无畏，仗着家人的宠爱，自以为能称霸整个世界。然而，还没等我走出小小的赤峰，一场大病就到来了。

第二章

为你而活

无法挺直脊梁的人生

1.

2000年，我已经快三十岁了。我已经有了自己的爱人——张学松。我开始一件件完成了自己的梦想，也有了属于自己的家庭。可是，我仍然放心不下自己的弟弟于英杰。十年过去了，他的病仍然没有任何好转的迹象，就这么一点一点地吞没了他的整个青春。

我就要跟学松办婚礼了，而我的弟弟……他可能一辈子都没办法体会常人的幸福了。

这一年，我跟学松来到了天津。学松跟我说："月仙，咱们得准备准备买房了。"于是，我们开始一点点地攒下了首付。刚拿到房产证，准备装修时，忽然有一天，学松拿着一张报纸叫住我说："月仙，快看这儿！我小舅子有救了！"

我从学松手中接过报纸，那上面有一条火柴盒般大小的新闻，报道的是南京鼓楼医院有一位留学归来的脊椎外科专家，名叫邱勇。他在法国留学八年，在国内从事脊椎矫形手术三年多，攻克不少难题，手术成功率极高，引起了国内外同行的高度关注。

"这能行吗？靠谱吗？是真的吗？"我一连问出三个问题，颤抖地看着学松。

对于弟弟的病情，十年饮冰早已凉透了我的热血。

"真假我也不知道，人家报纸都写了，应该不会太离谱吧。"学松建议说，"我们先去看看，打听打听！没准这次真的能治好了呢？"

是啊，打听打听！不去看看，怎么会知道真假呢？我们拍戏还得提前踩点呢。

反正这十年里，官方的、民间的，靠谱的、不靠谱的，迷信的、科学的……什么法子我们都试了，不在乎多试这一次了。

于是，我拿着报纸，决定马上就准备出发。

2.

学松工作繁忙，我便没有告诉他，某天早上孤身一个人就去了南京。我揣着那张报纸，出了南京火车站，又乘公交，终于找到了鼓楼医院的骨科病房。

在这里，我见到了不少脊椎弯曲的病人。

原来，世界上竟然有这么多和我弟弟一样的人啊！我震惊之余，也就有了期盼：既然他们都找到了这里，那至少说明这儿治疗这种病确实是很有经验吧。

我围着这座医院来回走了好几圈，只要看到有类似病情的患者及亲属，都会主动地上前询问：您患病多久啦？以前用过什么方法治疗？在这里有没有好转，治疗费贵不贵？

被询问时，有人沉默摇头，也有人冷眼以对，甚至偶尔还会遭到一些人的白眼。那时我就连忙跟人家解释："我没有歧视您的意思，我有个弟弟，也跟您一样患了这个病，我就想帮他打听打听。"

经过一个多星期的调研，我终于了解到，南京鼓楼医院骨科手术的成功率确实很高，尤其是这个叫邱勇的主治医生，医术特别高超，人又很和善，听说他在法国留学了多年，很有经验。

我找到了邱勇医生，把我弟弟的病情说给他听，他看完我弟弟的照片资料后，犹豫了很久——脊椎侧弯得这么厉害？

他虽然治疗过很多类似的病人，但这么高难度的病情，他也是第一次遇见。

"医生，现在只有您能够救他了。我弟弟今年才十八岁啊，正是大好的年华。"我边说，边要给医生下跪，"我求求您了，无论多少钱，哪怕倾家荡产我也愿意！"

他赶紧把我扶起来，想了很久很久，才勉强地说："行吧，那你把你弟弟带来，我先看一下吧。"

出了医院，我立刻给学松打了电话："老公，我太感谢你了！太让我感动了！你从报纸上发现的这个南京鼓楼医院，他们的脊椎矫形这块儿确实很有经验！我觉得我们家英杰有救了！"

"那还犹豫啥？"学松在电话的那一头也很兴奋，他催促我道："赶紧回赤峰去接他们到南京治疗，越快越好！"

"可是……"我的声音低了下来，"那我们的婚礼咋办？"家人的事，我自然是无可推卸，但是学松他……

"推迟呗！"没想到他竟然毫不在意，还宽慰我说，"咱这婚啥时候都能结，但眼下啊，给我小舅子治病这事最要紧！"

3.

2000年4月底，英杰十八岁的那一年，我带着弟弟英杰，还有爸爸妈妈一起，来到了南京。

我怕破灭掉的希望会带来更大的打击，于是佯装轻松地告诉他们，南京鼓楼医院有一个很好的医生，我们可以去试试运气，就算最终依然治不好也不要紧，我们可以在南京逛逛，权当旅游了。毕竟自从弟弟患病这十年以来，咱们一家人已经好久没有一起出去玩过了。

于是，我们来到南京，暂时住在一个远方亲戚家。等一切打理好后，我就带着他们直奔南京鼓楼医院的骨科诊室寻找邱勇医生。

没想到，医生初步检查了弟弟英杰的身体后，却给出了一个令我意外的答案。

"这病我治不了。"邱勇医生犹豫了很久，终于开了口。

治不了？我们一家人千辛万苦地来到这儿，竟然又说治不了啦？"为什么治不了呢？"我不甘心，反复追问。

原来邱勇医生虽然是从法国留学归来，在国内脊椎矫形手术这块儿极有权威，但是他所经手的脊椎弯曲手术最大角度也只有128度。

而我的弟弟，于英杰，全家的"户口本"，他脊椎弯曲的角度已经达到了历史罕见的174度。

128度与174度，这不仅仅是数字上的差别，更是技术难度的巨大差距。邱勇医生说他从未接手过如此高难度的脊椎弯曲手术。

"要是做不好，我的事业就毁了。"最终，他才说出了他的担忧。

我明白他心里的负担。其他的事情都可以想办法解决，但要是医生坚决不愿收治，这可就难办了。我爸妈在身后说不出任何话，发表不出任何意见，英杰也只是呆呆地看着我，我家在场四个人，只有我能撑一撑了。

于是那段时间，每天早上起来后，我就径直来到医院，跟在邱勇医生身后，他去哪儿我就去哪儿。一旦他有闲暇，我就开始求情，希望他可以收治我的弟弟。

"医生您不愿意，我就天天来，天天求。人心都是肉长的，我弟弟已经受了十年的苦，我相信您医者仁心，再怎么也不会见死不救吧？"

我反复强调了我们全家对邱勇医生的信任，强调全家对弟弟病情的认知，强调无论最后出现什么结果，我们也绝对不会拖医生下水。

"不管您把我弟弟治成什么样子，我都认！"

就这样，我反复磨了好几天，到了邱勇医生只要回头就能看到我的程度。最后他终于妥协了。

"行吧。"他说，"你先准备钱，这也不是个小事，估计治疗费也是笔不小的费用。你弟弟的病，我会认真对待的。"

我几乎要在医院里欢呼起来，马上冲回亲戚家告诉了家人这个好消息。前路也许会有更多的挫折阻拦，但至少这第一步，我们顺利踏出了。

4.

我之前大致跟医生沟通过，得知手术费前期大约需要五万多块钱。

五万块，这在当时的那个年代，确实不是一个小数目。

离开鼓楼医院前，我一边盘算着如何筹齐这笔钱，一边缓慢地踱步。走过花坛时，我看到一个四五十岁的男人，正坐在花坛边上，大声地掩面哭泣。

他哭得实在太过悲恸，我于心不忍，便走上前询问，可他仍只是哭，没有理睬我。

我也不多言语，就静静地坐在了他身边，想陪他一会儿。因为我知道，来这个医院的人多少都背负着和我的家庭一样的苦楚。

"我想治我儿子，可是我没有钱……"他忽然向我述说了起来。原来，他的儿子也患了脊柱侧弯这个病，已经严重到脊柱挤压肺部、开始咯血的程度，但是他没办法筹到钱，只能眼睁睁看着儿子受苦。

我看着他一声一声地哭，想到我弟弟和他儿子一样在承受着巨大的痛苦，想着想着，我也抹起了眼泪。陪他哭了一会儿之后，我站起来：不行，这个家里谁都可以哭，唯独我于月仙不能！我不能哭，不能流泪，不能放弃。

为了我深爱的弟弟，我必须将这一切担起来。

5.

为了给弟弟筹钱治病，学松拿出了我们装修房子的钱，可那还不太够。正巧当时有个《西游记后传》的剧组一直在联系我，让我在戏里出演勾引唐僧的妖女陈五真。这是一个略显龙套的反面角色，还带着浓厚的风情味道。如果是往常，这种戏我一定会三思后再做抉择。可眼前弟弟的病迫在眉睫，这个剧我戏份不多，来钱又快，反而是一件好事。于是我果断接下了这个角色。

那会儿，薪酬都是以现金形式发放的，很少走银行卡转账。我的角色杀青后，我便迅速抱着那个沉甸甸的现金包裹，一路踉踉跄跄地冲向火车站。我心想，这些钱可千万不能丢啊，它不仅仅是钱，更是我弟弟的命啊！

我带着钱，带着弟弟，与家人同行，来到了南京的鼓楼医院。我把钱放在医生的桌子上，对他说，"我弟弟的病您尽管治，我有钱了！"

被病抹杀的少年时代

于英杰

1.

我的病一开始还没有太大迹象，只是偶尔会隐约感觉身体不舒服，直到后来，我能明显感觉到自己站不直了。再到后来，我身边所有的人——家人、亲人，甚至陌生人，都能轻易地看出我病了。

可是我并不知道自己得的到底是什么病，没有医院能给出答案。

也直到这时候，我才发现，愿意全心全意爱着我的，只有家人。而外面那些人，非但不同情我，还对我充满了深深的厌恶感。

2.

1990年年底的时候，我们一家搬到了楼房。没有了爷爷家门口的大青石，也没有了那些友善的街坊，新邻居们显得不太友好。

跟同龄人一起玩耍时，他们总是喜欢捉弄我，平时也不怎么跟我玩。偶尔我能听到他们对我的议论：你看那个人，长得好奇怪啊！

有一次，我在楼下，几个小孩儿忽然跑来说："我们要去六楼打游戏机，你要跟我们一起吗？"

想到这是他们第一次对我发出邀请，我高兴地说："好啊好啊！"

于是大家一拥而上，浩浩荡荡地往六楼冲，我也努力跟了上去。可是仅仅跑了三层楼梯，我就累得开始大喘气，我背上的罗锅压得我脚步迟缓。等我好不容易爬上去时，六楼的门已经关上了。我似乎听到了从门后传来的嬉笑声。

我被邻居们拒绝了。

我知道，往后，我还会被更多的人拒绝。

3.

上学也仿佛变成一场灾难。

在学校里，大家都有点疏远我，不像小时候那么热情了。

我的朋友本就不多，基本上我都是孤身一人。每天早上上学时，我都会买早点带到教室里吃。一天，我把早点放在桌子上，然后出门上厕所，回来后发现，我的早点被同桌扔了。他平常就总是欺负我，比如大家流行在桌子上画"三八线"，他就总是故意越线多占桌子。可是他比我高，比我壮，我太矮小了，敢怒不敢言。

那会儿二姐谈恋爱了，二姐夫的妹妹跟我同班，我被欺负的事她都看在眼里。她悄悄地把一切告诉了二姐夫。那天，我留校值日打扫卫生。二姐夫来接我放学，正好看到同桌故意把垃圾倒在我刚刚扫好的地方。

二姐夫怒了，揪着我同桌的领子质问他："为什么总是欺负我们家于英杰？"

我很感激家人特意来帮我解围，可同时，我也知道，他们管得了一时，管不了一辈子。只要我还是扭曲着背的奇怪样子，就一定还会受到欺负。

就算不是我的同桌，也会是其他人。

4.

当然，我并不是彻头彻尾的孤独，经过努力后，我终于跟一个邻居小伙伴成了好朋友。

一天，我正跟他聊天，他突然没头没脑地说："于英杰，你是不是活不过十八岁啦？"

我蒙了。

我颤抖地问："你怎么突然之间说这样的一句话？"

他支支吾吾地说："是别人传的，而且大家都知道了。于英杰，你就快死了。"

年少的我，尚不能彻底理解死亡究竟是怎样一件事，但仍然被死亡这个词的读音震得浑身发冷。那时我才十几岁，还没去过很多地方，还没经历过很多事。这个世界那么大，还有数不清的冒险在等待着我。等我长大，我也会像姐姐们那样，努力工作，努力赚钱，然后结婚，有自己的孩子。到时候我一定要好好教教我的孩子怎么去交朋友。朋友真的太重要了，因为孤独真的是太令人难受了。

可是，我等不到这一天了吧。我就快死了，对吗？

生死十四小时
_____

1.

每个人的十八岁，都是一段芬芳的年华，都要经历一场难忘的成人礼。

我十八岁时，毕业留在赤峰第一职业高中当老师，带着一帮可爱的孩子上课学习；而我弟弟的十八岁，却是一场在病床上关乎生死的挑战。

"你们得先做核磁共振。"终于同意收治英杰后，邱勇医生说，"脊椎弯曲不仅仅是你肉眼看到的情形，其实身体内的状况有时候远比外在要严重得多。人体很多神经都在脊椎上，脊椎出问题，全身的神经都有可能受到影响。所以，必须先做核磁共振，看下你弟弟的脑神经有没有受损。确定没有事，我们才能进行下一步。"

原来脊椎弯曲不仅仅是肉体残疾这么简单。我连忙说那就做吧，可邱勇医生答道："我们医院没有核磁共振的设备，你们只能去别家医院做了。"

我说行，检查就检查，一步步来。我已经做好了披荆斩棘的准备。多方打听后，我得知全南京只有一两家医院能做，于是，马上联系了南京某医院的核磁共振项目。

我原以为做核磁共振是一件不算困难的事情，但是，我低估了英杰的病情。

要做核磁共振，需要平躺在医疗舱里，在一段时间里保持不动，让机器一点一点地扫描。中间出现一点偏差就得重来。但是英杰因为脊柱侧弯174度，根本无法在坚硬的医疗舱里平躺下来。而且南京的夏天闷热又潮湿，舱内已经闷的如同蒸笼一样，想让英杰一动不动地平躺在舱内进行扫描，是一个巨大的难题。

负责核磁共振的是一名脾气暴躁的医生。而此时舱内的英杰后背已经扭曲到没有平躺的支撑点，只能借胳膊肘的力量勉强支撑。而且，因为身体状况差，英杰的肺活量只有1500毫升——要知道，正常男人的肺活量多在3500~4000毫升。

他痛苦到几近脱力，而身体每一次细微的移动，都会遭到医生的破口大骂。

我已经不想回忆那些让人难堪的词汇了。在那些辱骂声中，我站在门口，只能用力地攥紧拳头。这关系到弟弟的医治，作为姐

41

姐，我必须低到尘埃里。只要他能好转，让我做什么都可以。

"哎，你到底要不要做了?!"反复扫描很多次后，医生终于不耐烦了，怒吼了出来，"让你不动不动，你是听不懂还是怎样啊?"

"医生，真是对不起，实在对不起。"我忙不迭地过去给他道歉求情，"我弟弟身体特殊你也看到了，真的是——"

"我不做了!"医疗舱里传来弟弟沉闷的声音。

"什么?"我一时还没反应过来。

"不做了不做了!"弟弟咬着牙重复着，"我说我不做了!"

"行啊! 不做了就赶快出去!"医生按开了大门的按钮，打开了核磁共振舱，"让下一个人进来! 别在这儿耗着耽误时间!"

"真的不做了吗……"我本来还在迟疑，但是看到英杰出舱的一瞬间，马上慌了神。

那真的是我的弟弟英杰吗? 他面色苍白，额头上沁满了黄豆大的汗珠，弯曲畸变的身体都在不由自主地颤抖。我的弟弟啊，他一个人在坚硬闷热的核磁共振舱里，到底经受了怎样的磨难啊?

我心疼到说不出话来，跟弟弟慢慢走出核磁共振室的时候，心乱如麻。

"疼吗?"我明知答案，却还是忍不住问了出来。

英杰没有回答，轻轻地点着头。

"我知道你很难受，我看着心也很疼啊！"回想自己从报纸一角看到消息后来南京踩点，然后一路又回北京拍戏筹钱，再一路求爷爷告奶奶地跟医生求情的经历，我眼睛都红了。战斗才刚刚打响，往后不知道还要再经历哪些磨难。可仅仅只是刚开始，英杰就已经如此痛苦了。再往后会发生什么，我想都不敢想了。

"姐……对不起。"英杰突然给我道歉。

"说啥对不起呢？我是你姐。"

又过了一会儿，英杰忽然深吸了一口气，说："我们……还是回去继续做那个检查吧。"

我回过神来。

"姐姐，我们回去吧。"英杰轻声说，"我可以的。我得好起来，我不能再拖累你们了。"

我难以置信，自己年仅十八岁的弟弟竟然说出了这样的话。

"你确定？"我颤抖地问他。

"确定。"英杰用力点点头。

于是我们转身，又走向核磁共振室。医生见到我们归来，略微有些诧异。我走向前，非常诚恳地向他道歉，恳请他再给我们一次机会。

"唉，你们啊……"医生也无奈了，"成吧，要做就赶快做。"

这次，医生的态度缓和了很多，没有像先前那样极不耐烦地恶言相向了。英杰也使用了全力，在核磁共振舱里一动不动地接受扫描。

这次，竟然一下就通过了！

弟弟下了医疗舱后，我激动地走向前想抱住他，又顾忌他刚经受了痛苦，生怕抱痛了他。

"扫描结果很清晰。"医生向我们点点头。

三天后，我们拿到了结果：弟弟英杰的脑神经一切正常。

2.

我们带着核磁共振的扫描结果，又一次来到了南京鼓楼医院。

"脑神经没问题，风险就降低了一大半。"邱勇医生的话语让我们欣喜不已，但是接下来他的话却让我又一次坠入冰窟。"但是这确实是我职业生涯的巨大挑战，174度的弯曲，这不是闹着玩儿的，我也没有太大的把握，只能试试看。你们说他的病情已经持续十年，我可以负责地说，如果不接受治疗，按这个程度发展下去，两年内你的弟弟就会全身高位截瘫，甚至性命不保。但是如果现在就开始接受治疗，这个风险——"他又犹豫了，接下来，说出了让我崩溃的一句话，他说："如果治疗失败，这个风险甚至可能提前，最坏的结果是……你弟弟上了手术床，就再也下不来了。"

我妈妈的眼泪悄无声息地就喷涌而出，而往常高大的父亲此时却站在我身后，一言不发，眼神失焦，不知道在看着哪里。

"抱歉，我真的没有绝对的把握。"邱勇医生最后说，"你们好好考虑一下吧。"

回家的路上，大家都没怎么说话，只能听到身边的车流声。

我们没敢询问弟弟的意见，英杰自己也没有表态，而是加入了大家的沉默。自从八岁那年患病，原本活泼爱动的英杰就变得压抑寡言，不爱交流，不爱声张，甚至连自己的痛苦都压在了心里。

现在是2000年，十年过去了，大家都来到了跨世纪的千禧年。

可是我的弟弟，要怎么跨过自己的命运呢？

回到南京的亲戚家后，爸爸妈妈去菜市场买菜，只有我跟弟弟两个人待在房间里。"英杰，你害怕吗？"我又忍不住问出了这个不该问的问题。

英杰只是四处扫视了一下我们身处的房间，没有回答我的话。

"姐姐，你说，我要是真去做手术了，我还能回到这里吗？"英杰问。

我心头一颤，不知道如何回答。

"不然这样吧，我们丢个钢镚儿看看结果好不好？"英杰突然提议，"要是正面，就说明我还能回来！"

我拗不过他，只好摸出一枚硬币，向半空丢了出去。

这个短暂的过程，让我想到了电视纪录片里的慢镜头——秒变成了分，分变成了小时，小时又变成了年……恍然间，我甚至能分清这个硬币到底在半空中转了多少圈。

硬币掉在桌子上，还轻轻弹了一下。

是正面。

"姐姐！"英杰轻轻欢呼了一声。这么多年以来，这是我第一次真切地感受到英杰的喜悦。

是正面！

"姐姐，我决定了，我要去接受治疗，我要做手术。"英杰认真地看着我，"我一定会治好的，你看，老天都是这么认为的。"

"你一定会治好的！"我轻轻搂住了他，"弟弟，你一定会治好的。"

3.

在正式手术前，英杰需要接受一次叫作"人工牵引"的术前手术。这是一项我从没见识过的可怕过程：医生需要在英杰头颅的两端用电钻开两个孔，然后各穿进去一根钢钉，用螺丝拧紧，这样的钢钉遍布了英杰的全身，一直从上身打到腿部，再挂上总计七十斤的秤砣。

邱勇医生说，需要用这种方法，将英杰的骨头拃直，才能增加最后手术的成功率，为期至少一个月。

我看着英杰被推进手术室，对所谓的"人工牵引术"还没有彻底理解。但是等英杰被推出来后，我整个人都呆住了。

这还是我的弟弟英杰吗？

现在的英杰，脑袋左右两侧的头骨上被钻上了螺丝钉，以头顶为顶点，安上了一个铁质的三脚架，更可怕的是他的两条小腿都被插入了一根筷子长度的钢条。我难以想象，那样的两根钢条，是怎样钻入英杰的小腿，怎样撕开血肉，怎样穿过骨头，又怎样从另一端穿出来的。

"疼吗?"我颤声问。

英杰摇了摇头，冲我轻轻笑了笑，没说话。

我们把英杰抬上了病床，在英杰头顶的三脚架上、两条小腿的钢条上，分别挂上总计七十斤的秤砣。七十斤啊……我似乎能听到他身体里的骨头被拉扯时，发出的吱呀声。

天气越来越闷热。每天早上，我们都要清洗英杰打上钢钉的伤口，防止它化脓。一切准备完毕后，我们就要配合医疗人员，一个一个地挂上秤砣，这可千万不能闪失，牵引时间到了后，又得一个一个地取下秤砣。

就这样日复一日，随着秤砣的增加，弟弟的身体，以肉眼可见的程度，在慢慢地伸长。

做牵引时的英杰，全身都是固定的，只有眼睛与双手能够移动。这样的状态要持续好几个星期，具体多久，医生也给不出准话，只说牵引的程度到位了，时机差不多了，就可以进行手术了。于是，英杰他就保持着这个固定的姿势，开始了在病房里的漫长征途。

那该是怎样一种煎熬呢？即便是天天在病房陪同他的我，也无法感同身受。

我无法想象，整日动弹不得，连轻松翻身都做不到，吃喝拉撒都要在床上完成到底是什么感觉。而这样的日子要重复将近一个月，又是怎样的感觉？可是英杰已经不是小时候的英杰了，他不哭也不闹，安静得像个任人处置的物件。

那段时间，我给弟弟买了很多书，《钢铁是怎样炼成的》《南方有嘉木》……弟弟只有手可以动，而这些书可以陪伴他熬过这段时光。有时候，我也会坐在床边，给他念《扬子晚报》上的新闻。

英杰只是安静地听着，不管听到什么，发生什么，他从不开口说话。

4.

病房里什么人都有，有骨折骨裂的、有高位截瘫的、有骨关节化脓感染的……但这里面还属弟弟的病情最为严重，可他也是其中最淡定的人。做牵引的那三十天，他从来都没有抱怨过疼。而病房里有个跟英杰一样因佝偻病而做牵引的上海小伙儿，每天换药时都会声嘶力竭地喊上小半天。

每次他喊的时候，他的妈妈就在旁边干着急。老太太手足无措地看看她儿子，又看看正在换药的英杰，她用疑惑的神情问我："你们用的什么药？难道咱们两家用的药不一样吗？"她指着英杰，"为什么他不哭？为什么他不喊疼呢？"

我说："姨，都一样的，都是同一种药。"

她不信，找来一个小本子，开始做笔记。我们几点几分换的药，用的什么药，多少计量……她都记得清清楚楚，然后拿给医生，说："医生，你给我们家孩子也按着他们家的那种方法治疗吧，他们那个方法不疼。"

医生看了看她的本子，说："阿姨，我们真的没有区别对待，真的是一样的药。"

她还是不信，望着病床上哭号的儿子，喃喃地说："不一样的，不一样的，人家的就不疼。儿啊，你别号了，你叫着，娘心里也疼。"

我看着她儿子在病床上辗转反侧的模样，更加地心疼起弟弟来——都是一样的药，抹到伤口上，怎么可能不疼？在脑子上开两个洞，把整个人四分五裂拆开了用螺丝和钢钉固定在床上，怎么可能不疼？我知道他是自己忍着，不想让我们跟着受罪，可有时候我看着他，心里也不是滋味。

我说："弟呀，你也叫两声吧，别忍着了，姐知道你难受，知道你疼。"

有一天，我打水回来，看到门口有一对夫妇正在和医生谈话，在研究怎么给孩子锯腿，商量哪里能少截一块，哪里会多截一块，怎样的治疗方案最保险，怎样的方法能让孩子少受罪……说着说着，中年女人就哇哇地哭了起来。

我听不下去了，就提着水壶进了病房，刚打开门，就看到病房里被谈话提及的那个七八岁的小孩儿。他在床上蹦来蹦去，抱着一个球在踢。我说："孩子你小心点儿，别摔着了"。他说："没事阿姨，我身体好。"

我问他："你最爱干什么？"

他说："我最爱踢足球，我长大了要当足球运动员。"

而在这样的环境里，英杰却表现得相当淡然。他的安静让我感到慌张，所以，我特意给他买了一堆五颜六色的墨镜，红的、蓝的、金的……带上这样的墨镜，眼前的世界都会镀上一层色彩。我不希望他每天总是面对着惨兮兮的白墙。

英杰太不爱讲话了，心事总是放在心里。我跟医院里大大小小住院的小朋友都混熟了关系，一有机会就带着他们来英杰的病床前跟他说话。可是英杰不爱说话，于是我用彩笔，在来访的小朋友的胳膊上画画，逗英杰笑。

本来只是少年间的小趣味，没想到，那些孩子很喜欢英杰。于是，也不需要我特意去处理关系了，小孩子们会自己三五成群地跑到我们病房来，找英杰讨论他们胳膊上的涂鸦。

我在一旁看着这一切，感觉十分欣慰。这样子，英杰就会开心了吧。

人工牵引就快做满一个月了。医生每天都来记录信息，商讨着手术要怎么进行。但手术方案仍迟迟下不来。英杰已经固定在床上快一个月了。换作是任何一个人的耐心，都会被消磨干净吧，更何况，自身还生死未卜。

英杰长大了，他已经十八岁了，而我很早很早，就已经看不懂他的情绪了。

在这样的境地里，他……在想着什么呢？

几天后，病房里又来了一个小伙子，腿被绷带高高地挂着。他看样子年龄不大，一打听，才十九岁，但已经结婚了，他媳妇十七岁，怀着孕在医院陪他。我问他怎么了，她说男孩儿在工地里上班，被推土机把腿给压了，老板跑了，他们没钱做手术，只能先在这里打吊瓶观察观察。

南京七八月的天又热又闷，我看到小伙子腿上的肉每天都在变色，腐烂了一层又一层。于是，医生就定期把那层变色的肉从他的腿上刮掉。过两天，新肉长上来了，又很快变成一层烂肉。医生就再把那些肉刮掉。

就这样周而复始地刮着，渐渐地，小伙子的腿就刮得比我的胳膊还细。

他媳妇也没有钱租病床，就每天铺着报纸在地上陪着他。有一次，小伙子睡醒后喊饿，他媳妇从地上爬起来，说："你等着，我出去给你买馍吃。"说着又从兜里拿出一包萝卜丝咸菜，用手夹出几根，往小伙子的嘴里塞。

我看不下去了，说："妹妹，来，你把医院给我们发的盒饭喂他吃吧，我们自己家里带了饭。"

就这样，以后医院给我们发的营养餐，我就都给了他们。

有一天早上，我被我妈叫醒，她说："仙儿，车丢了。"

"什么车？"我问。

"就英杰病床旁的移动小推车。"她说，"我们常用它推着英杰去做检查。"

与此同时，护士查房时发现病房里少了一个患者。这个患者还欠着医院五千多块钱的治疗费。我才知道，这个患者，正是那个在工地里被推土机把腿压断的小伙子。

因为交不起治疗费，他媳妇在夜里，偷走了病房里的移动小推车，推着无法行动的他，逃跑了。

几天后，英杰要去另一栋病房楼里做CT检查，要用小推车。可病房里就那一辆车，医生说："我们这也没富余的，你们自己想办法吧。"于是，我们家人就分头去找车，几经辗转，我终于在另一个医院里借来一辆。

我刚把那车推回来，外面就下起了瓢泼大雨。爸妈还没回来，我就一个人把弟弟搬到车上。我找了三把伞，打开后把伞柄收短，一把放在他的腿上，一把放在他的身子上，一把放在他的胸上，盖得严严实实，以免让他淋雨。

可我一个女孩儿，没有劲儿，地上又都是泥，推得很慢。可我推得越慢，弟弟就要在外面多淋一点儿雨。我抱怨老天为什么要下雨呢，又抱怨自己为什么不是个男孩儿呢，苍天无眼，为什么要让我的家人受这份罪呢。

这时，弟弟却忽然抬手想给我打伞。我说："你别动，别把自己抻着了，你不用管我。"

他说："姐，给你添麻烦了。"

我说："于英杰，你说这话是什么意思？我不是你姐嘛，姐不管你谁管你？"

5.

英杰做CT时，爸妈也赶来了。

我们三个人，在邱勇医生的办公室里，等待着他的宣判。

"我也不绕弯了，这场手术太难了，如果做得不成功，这个孩子，几乎就保不住了。我不建议冒这个风险。"他从文件袋里抽出几张纸，递给我爸妈，"你们确定要做的话，得签这些免责声明。毕竟，我也坦白地告诉过你们了，我以前没做过这么高难度的手术，它一定是存在着风险的。"

我爸妈看着那几张免责声明，握着笔，愣在一旁，久久地无法表态。我只好冲出来说："我签！所有的协议我来签！一切责任后果都由我来背！"

我签下我的名字后，医生接过免责协议，点了点头。"另外……还有件事……"他欲言又止，"你弟弟的病情太严重了，要完成这个高难度的手术，你们现在五万块的预付金估计是不够的……"

不够？我蒙了。我爸问："那医生，您看这病大概还得多少钱才能治好？"

"估计手术费用还得十万。"

五万不够，还得十万？我们上哪儿再去弄十万？这个数字直接把我们全部镇住了。那是2000年，是千禧年。

可比起千禧年的"千"，十万块的"十"更像是一个天文数字。

我愣了半晌才回过神来——五万块钱已经把我掏空了，我上哪儿再去弄十万来?

这时,我爸终于崩溃了,这些日子里医院的煎熬终于将他击垮了,他突然开口了,高声地喊着说:"不治了!不治了!就让他死了吧!就让英杰死了吧!谁让他命不好呢!"

我回过头,难以置信地看着他。

"都没用啊!有什么用呢?这一年年地煎熬着、等待着,十年过去了!根本没用啊!"爸爸有些歇斯底里了,"那就死吧,死了算了!我就当没生过他!"

我蒙了。

这可是咱家的"户口本"啊!从小到大,为了这个"户口本",我们一家人殚精竭虑,呵护着、手心捧着、心头护着,就是为了有天他能顶天立地地挺直脊梁做人。可现在,我爸怎么能说出这样令人伤心丧气的话呢?

自英杰患病以来,妈妈总是以泪洗面;而身为一家之主,也是我们家里唯一的男人,爸爸先是沉默叹气,后来则发展成埋怨发泄,每当我想尽办法给大家鼓励打气时,他总是这样破罐破摔帮倒忙。

可是我不能抱怨,谁都可以倒下,我不能。我如果退让,我弟弟于英杰就真的没希望了。

爸爸妈妈在身后沉默地抽泣着，我想到英杰，咬了咬牙，转身告诉他们："没事，不就是十万块嘛！"我深吸了一口气，"钱都是小事，我去筹，你们……你们别放弃英杰，千万千万不能放弃，因为——那可是我的亲弟弟。"

6.

做完CT后，我们三个人带着英杰回到病床，大家各自不语，心情沉重。

英杰又躺下了，躺了一会儿，他忽然醒来，听着窗外哗哗的雨声，莫名其妙地说了一句："妈，我想吃包子。"

那阵子英杰一连几天都没怎么吃东西了。我心想，他想吃饭挺好的，便说："吃包子，好啊，那姐去买。"

"不，"英杰说，"你让妈去买。"

我说："谁买不都一样吗，为什么非得让妈去买？"

他一下就闹了起来，不懂事地说："我就让妈买，就得让妈去买！"

那是个很无礼的要求——桌子上有水果零食，没必要非得计较几个包子，外面又下着那么大的雨，卖包子的又离医院有一条街的距离。我不知道他抽的什么风，只能生气地跺跺脚，说："于英杰！你为什么这个时候非要吃包子，平时让你吃你怎么不吃？"

他没理我，依然只是那两句话："我要吃包子，我要让妈去买。"

我妈没办法，说："仙儿，你在这儿看着他，我去买。"说着，就一路小跑地冲到病房外面，连伞都没拿。那天雨下得非常大，落到地上就起了一层雾，我看着雨雾中我妈蹒跚的背影，既心疼又无奈。

等我妈把包子买回来，放在英杰的床头柜上时，我说："吃吧，于英杰，咱妈把你要的包子买回来了！"

他又不说话了，把脑袋别到一边，看都不看一眼。

我拿起包子，扔给他，说："于英杰，你折腾什么呢？你不是要吃包子吗？现在包子买回来了，你给我吃！你给我吃！"我终于生气了，骂道，"于英杰！你不要以为我看不出来，你是成心的！你就是故意折腾咱妈！"

大雨滂沱，雨声通过耳膜砸到心上，刺骨的疼。

"妈，你为什么要把我生出来？"英杰忽然呆呆地说。他的手腕被捆在床边，拳头在铁床边缘一下一下地捶着，他说："你为什么要把我生下来，为什么让我长成这么一副窝囊的样子？！"

雨声越来越大，大到我什么都听不见，耳朵里只有他说的那几句话："我多希望我没有生出来。你为什么要把我生出来？为什么让我长成这么一副窝囊的样子？"

这是我第一次听到英杰的怨言。十年了，十年！整整十年英杰都对这一切三缄其口。今天突然听到他说这些话，我蓦然醒悟——这样的痛苦，早已在他内心深处咆哮了十年。

我拿起包子，边哭边说："英杰，别闹了，把包子吃了，咱们一家人都要好好的，咱们都要好好的。"

是啊，最难的日子，也就是现在了，熬过这一关，一切就要好了。马上就要手术了，是生是死，在此一搏。那天抛出的硬币，不是正面的吗？英杰你看，连上天都在帮助我们。

这一切都会好起来的。

会好的。

一定会好的。

7.

大话虽然放出去了，但我一个弱女子，上哪儿才能弄到十万块钱呢？我走投无路，只好又来到了北京——毕竟这里我的朋友多。

北京的几个老同学接纳了我，让我暂住在她们租的房子里落脚。可我知道她们也不是很富裕，又碍于脸面，我没好意思告诉她们我借钱的事情。

等她们出去上班了，我就每天在北京的街头漫无目的地转悠。眼下我也没戏拍，也没什么工作，我不知道该去哪儿弄到这十万块，就这样煎熬地过了三天。

就在这时，一个突如其来的插曲，随着二妹的电话炸开了。

"姐，你在哪儿呢?"二妹的声音相当急促。

"我在北京啊，在给英杰筹手术钱呢。"

"那好，我去北京找你吧姐!"

我说:"不用，筹钱我一个人就行了，你来能帮什么忙呢?"

可她非要来，还说要带着孩子一起，我丈二和尚摸不着头脑，蒙了好一会儿才理解到底发生了什么。原来，二妹这两天跟老公吵架了，正带着孩子要演离家出走的戏码。

我哭笑不得，说这都什么节骨眼了，我自己在北京都举步维艰，怎么还摊上了这样的家事。"我住朋友家啊，你来找我也没用啊!"我劝说着她。

"那我也带孩子住你朋友家!"二妹没头没脑地说。

这怎么能行? 我自己麻烦北京的朋友，已经很不好意思了，再让二妹带着孩子过来住，这像什么话?

我苦口婆心地花了很长时间安慰二妹，劝她别任性了，赶紧老实回家。劝着劝着，我自己差点哭了出来——是啊，他们都有任性的权利，反正出了事还可以找我这个大姐求救。

可我又能去找谁求救呢？我来北京的这些天，说是要筹钱，却一直没有进展。心急如焚地挂掉二妹的电话后，我终于想开了：不就是借个钱吗？谁一辈子没点儿大灾小难啊？关键时刻，脸面又值几个钱？人命面前，该不要脸，就得不要脸！

于是，我开始一个一个地给朋友打电话，拨通后，也不刻意寒暄，开口就是借钱。

我吃了不少闭门羹：有的朋友听闻我要借钱，直截了当挂掉了电话；也有的朋友推托说"自己这段时间也急用钱"；甚至还有人先是在电话里对我冷嘲热讽，骂够了，还是说没钱给我。

那些电话打得我悲愤交加，可我一想到还在医院里等着救命钱的弟弟，又只好厚着脸皮继续打了下去。

当电话打到我一个关系特好的闺密那时，我刚说明来意，她便打断我，问："仙儿，告诉我，你现在在哪儿？"

半小时后，她就出现了，她把车停在路边，直接拿着一个信封就向我走了过来。"这是三万，你先用着。"她直截了当地说。

我万分欣喜，找不到什么语言来表达我满心的欢喜和感谢，我结结巴巴语无伦次了好久，冒出的第一句话竟然是："妹妹，你等着，我给你写个欠条。"

我跑到一个报刊亭里，找老板借了纸笔，匆忙写了张欠条交给了她。她接过，没说什么话，跟我告别上车后，顺手就把欠条撕掉，向车窗外丢了出去。

"别啊！"我下意识地追了过去，但是车已经开远了。我看着散落在地面上的纸屑，一瞬间感慨万分。

她仿佛是我的福音。这之后，另一个同学在电话里听完我的请求后，告诉我他此刻不在北京，但给了我一个饭店的地址，说让我到那儿去找一个人。我按着地址一路找过去，上车，下车，换乘，又上车下车，走了不知道几条街，终于看到了地址里提及的那个饭店。

"是于月仙吗？"我走进饭店，找到了饭店老板，他抬起头询问。

我点点头。

老板递给了我一个信封。"这个你拿着，都招呼好了。"陌生的饭店老板说。

我有些难为情地冲他笑了笑，道谢后走出了饭店，找了个没人的地儿拆开信封一看，里面是两万的现金。

后来我才知道，这两万也是朋友找那个饭店老板借的钱。

那时，我老公在拍一个革命题材的电视剧，他做执行导演，天天在山上扎营，皮肤晒得跟牛皮一样又硬又黑。他有个做摄影师的哥们儿，得知学松正在筹钱给小舅子治病，就说："哥们儿，你上财务那儿把我的钱领走，赶紧给你媳妇送去。"

就这样，他把他大半年的辛苦钱全给了我老公。

我们就这样一路波折，终于筹齐了十万块。我抱着沉甸甸的现金一路赶回南京的鼓楼医院。天还下着雨，我紧紧护着包裹，生怕路上有什么闪失，根本不在意雨水已经淋湿了我的全身。

到了鼓楼医院，我冲到医生办公室，把十万块钱放在了邱勇医生的桌子上。"我凑齐了，我终于凑齐了！"我尽量语调平静地说，"邱医生，麻烦您快去医治我的弟弟吧。"

安排完手续后，邱勇医生离开办公室前去准备。我看着他缓缓消失在走廊尽头，一时间，竟产生了一种错觉，仿佛白褂翻飞的他是某位下界的神灵。

8.

结束了长达三十天的人工牵引后，英杰被抬入了手术室。

我永远记得，那是一场十四个小时的手术，从早上六点到晚上八点。

整整十四个小时，生死攸关。

成功后，英杰就可以挺直脊梁做人。

而一旦失败……后果不堪设想。

手术室在三楼。我们只能坐在走廊上的长凳上，焦虑又无用地等待着手术结果。

邱勇医生告诉过我们手术细节。他说，他会给英杰进行全身麻醉，然后用手术刀切开他的后背，不光要板正他的骨头，还要把因为错位而遭受挤压的内脏，一个个地移回原位。

具体是怎样移动呢？我想象着一双戴着白手套的手，在英杰的身体里，像收拾玩具一样，挪动着他的肺，他的脾胃，他的心脏……一瞬间有点恍惚。

把一个人的身体全部拆开了，再重新组装起来，那该有多疼呢？

虽然英杰已经做了全身麻醉了，但是，全身麻醉到底是怎样的感觉，我根本不知道。况且，现在的英杰，又是一个默默承受、不愿说话的人。

他就算真的疼，也不会向医生开口吧。

护士告诉我们，待会儿晚上八点，手术结束后，医生会直接把手术台上的英杰，用推车送往病房。我点点头，让爸爸妈妈先回病房，我一个人在长廊上等就好。

可我爸妈不愿意，非要在这儿待着，我只得说出了我的心里话："到时候英杰出来，就没人顾得上你们了，你们在走廊上没人照看，我多不放心啊。"我叮嘱他们道，"别英杰没什么事，回头你们又出岔子了，上有老下有小的，我可照顾不过来！"

可是爸爸妈妈还是不愿意，非要固执地守着。

我明白，自己的爱子正在手术室里与命运抗争，为人父母，怎能说离开就离开呢。

时间一分一秒地过去，我感觉像是经历了好几个世纪。夜幕降下来，走廊上亮起来白惨惨的灯光。爸妈终于被我劝回去了。我一个人等待着英杰命运的宣判。

就快到晚上八点了！我一下子紧张起来，对着时间开始倒计时。

十、九、八、七……三、二、一！晚上八点到了！我猛地抬起头看向手术室，可是大门还是紧闭的。

我紧张起来，不会是出什么问题了吧？

我开始不受控制地胡思乱想，心急火燎。

　　就在我慌乱之际，手术室的门突然打开了，几个护士推着一个推车快步走了出来，一路小跑，冲向走廊另一端的电梯门。

　　我愣在原地。过了好一会儿，我才意识到，这个推车上的人，是我的弟弟英杰啊！

　　我有些手足无措地回过头，撞上了邱勇医生的眼神。

　　他一脸疲惫地看着我。片刻后，他向我抬起右手。

　　他竖起了大拇指。

　　手术成功了！

　　我才一下子反应过来。此时身体已经不听使唤了，大脑还在欣喜中一片混乱，双腿已经自顾自地带我冲下楼梯，奔向英杰所在的病房。

　　腿的速度太快了，我几乎与英杰的推车同时赶到了病房。一切顺利。爸爸高兴地说不出话来，妈妈又哭了。

　　"英杰，疼吗？"我冲过去问。我看到英杰的背上，有一条巨大的类似创可贴的贴纸。我从没见到这么大的创可贴。英杰，我的弟弟，他这是受了多大的罪啊！

　　英杰摇了摇头。他有些疲惫了，因为医生说，手术期间即便麻醉了，也要保持清醒。

"那就睡吧，英杰，你看，这不是一切都好啦?"

真的见证了这一天，我反而平静下来。

是啊，就像那枚抛在空中的硬币一样。我早就笃定了这个结果。

我知道，我确信，英杰一定会手术成功，一定会好起来。

我从没怀疑过。

9.

邱勇医生说，这是他在执行脊椎侧弯手术以来，获得的最大成功，一切都像是神迹。

休息了一个月后，英杰还需要进行第二次针对前胸的手术。不过，第一次手术最为凶险，只要第一次手术能大获成功，就基本不用担心第二次手术了。

我们一家人顿时安心不少。虽说，但凡是手术皆有风险，可是英杰能康复到今天这种程度，我们已经很是欢欣鼓舞了。

第二次手术，会切掉英杰小腿骨头的一块（那里的骨头可以再生），然后用来接补英杰肋骨因为畸变而缺失的一块。仍然是全身麻醉，仍然是无法看到但只靠想象就已经触目惊心的画面。

这一次，我确信了，英杰一定很痛。因为他出手术室后，我清楚地看到了他眼角的泪痕。

"我要好起来了。"英杰反而率先开了口，安慰起我们来。

他这么年轻，这么懂事，可是，又这么让人心疼。

第二次手术也相当成功，只需要再打八个月的石膏，就差不多了。

10.

英杰住院前，我跟他曾做了一个约定。

我们在卧室的墙头，用粉笔画下了我们当时的身高。弟弟因为背部弯曲无法直立，身高只到我的下巴。粉笔画下的两条线，中间隔了一个脑袋的距离。

"来，英杰，我们来打个赌。赌你手术成功后，身高能不能超过你姐姐我。"

等他康复后，我们又回到了南京亲戚家的小屋，那两条红线，还在。

"我们重新再比！"英杰开心地说。

于是我们又比了一次。先前，英杰只能到我的下巴，现在，他已经到我的脑门了！

我的英杰，他终于可以真正地站起来了。

"姐姐，我输了……"英杰有点儿懊丧，"你看，我还是比你矮，还是没比过你呢。"

"没事，英杰现在已经很棒了。"我走上前抱住了他，"你还年轻，你的路还长，总有一天，你一定会比姐姐还要高，还要高得多!"

是啊，路还长。英杰只有十八岁。原本，我们以为留着他的时间不多了，而现在，未来这个词突然无比真实地出现在了眼前。我们还有很长的未来，我们还有很多很多的明天。

这一次，我终于可以真正地、彻彻底底地哭出来了。

我突然想到之前我在医院花坛旁遇到的那个哭泣的父亲。他还好吗，他的钱凑齐了吗，他的孩子有救了吗?

这个世界有时候真的很不公平，天灾人祸降临时，谁都拦不住。我们的命运就像老天爷手中的麻将牌，啪的一声，就被扔在了苦难的牌桌上。

我也只是个能力很小的普通人，在那个下午，偶尔路过了一个陌生人半敞半开的人生。我无法介入什么，无法更改什么，也给不了他什么。我能做的，就只是给他送上小小的祝福，我希望他也能尽快筹好钱，还他孩子一个光滑笔直的脊背。

我也希望老天能够发发善心，给我弟弟补偿一个美好的青春。

跨命运的千禧年

于英杰

1.

我快十八岁了，这个名叫"脊柱侧弯"的病已经折磨了我快要十年了。

这十年，耗尽了我对生活全部的热情与希望。我每天浑浑噩噩地度日，没有朋友，没有梦想。我还活着，但也只是活着罢了。

我又想到那个可怕的诅咒："于英杰，你活不过十八岁。"

十八岁那年的一天，大姐于月仙回赤峰了。她跟我说："英杰，你好久没有离开这里了，跟姐去南京转转。"于是，爸爸、妈妈、大姐和我，四个人去了南京的舅舅家。到了之后我才知道，我是来治病的。这些年来，只有姐姐仍然没有放弃。

经过咨询、实地考察后，大家觉得我的病有希望了。于是一家人搬到大姨家的空房子长住，而我，在做完一系列的前期诊断后，正式住院，开始了漫长的牵引疗程。

2.

我从没住过那么久的院，久到我对时间的流逝感到麻木。

白天的时候，姐姐陪着我，她想尽办法让我开心，帮我打发掉那些痛苦而无趣的时光。然而，到了夜里，他们都会离开，只有我一个人被留在黑暗的病房里。

我住在二楼，太平间就在我的病房楼下。每隔几天，凌晨一点多的时候，我就会听到有小推车推动的声音、凌乱的脚步声、哭泣声，由远及近，最后消失在了我楼层的下方。于是我知道，这个医院里，又有谁死去了，说不定，哪天躺在推车上的，就是我了。

"于英杰，你活不过十八岁的。"我又想起了年少时朋友的话。先前我已经对生死无所谓了，而现在，大家全力以赴地在救治我，也让我燃起了活下去的希望。

我想活着，可越想活着，就越畏惧死亡。

我怀着这样的恐惧，身体被固定，无法动弹，在黑暗中睁大了眼睛。而这一切情绪，我都没告诉姐姐跟家人，不想让他们有很多的负担。

直到今天，我才知道，姐姐也有很多事情没有告诉我。她如何一个人筹到巨额的钱款，又是如何一个人前前后后搞定了我住院的一切？其中的故事，我都不知道。

她一个人把一切的压力都担下了。

3.

如今，我顺利地逃脱了死神的魔爪，开始了属于我自己的人生。我可以去更大更远的地方了，也见到了更多的人，经历了更多的一切。有时候，我会忽然回想起当年还躺在病床上的时光。那年的我被固定在床上不能动弹，只能看到窗外的一小块儿世界。那时候，身边只有姐姐。

有一天出了大太阳，病房的空气中满是青草的味道。

我问姐姐，我以后还能在太阳下跑步吗，好想痛快跑一次啊，跑累了，就躺在草地上。

姐姐说，一定能。

而现在，我真的办到了。

第三章

以梦之名

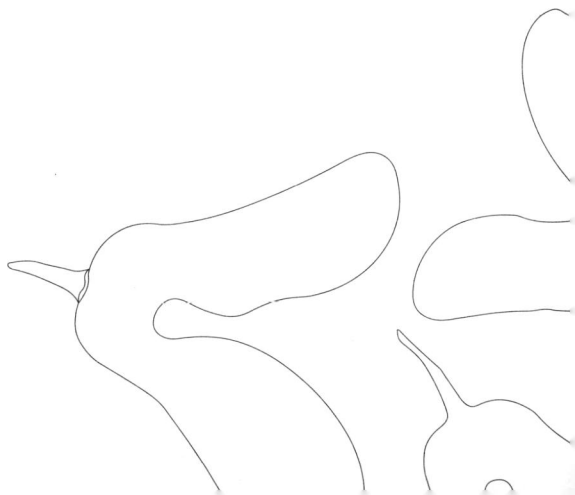

梦开始的地方

1.

在英杰还没出生的时候，有一年，赤峰市最大的杂技团来我们这里招生。我妈单位的人都议论说那个杂技团特别难考，很多人去了，都没考上，灰头土脸地就回来了。

聊着聊着，有个人就忽然对我妈说："你们家月仙不是喜欢表演吗，怎么不带她去试一试?"

我妈一听杂技团，感觉是个挺好玩的差事，于是，下了班便带我去了。那会儿，杂技团的老师们吃完饭，正在院门口遛弯儿。我妈推着自行车问："哎，你们不是在考试吗?"

"早考完了。"人家说，"这都几点了，我们晚饭都吃完了，正遛弯儿呢。"又问，"你干吗?"

"你们杂技团不是招演员吗?"我妈指我，"我带着我闺女来考一次试试。"

74

2.

　　我坐在我妈的自行车后座上，两只手把着车座。天快黑了，夕阳照在我的身上，把我映得黄灿灿的。老师们眯着眼睛，都围着我转，似乎在参观一只小猴子。

　　看了一会儿，其中一个老师似乎对我有了一点儿兴趣，说："上收发室去吧，里面有灯，亮堂。"

　　进屋后，那个老师问我："你都会啥？"

　　"我会劈叉，会下腰！"说着，我就给他们劈了几个叉，又狠狠地把上半身弯到了身后。

　　老师们看了看，说不错，又让我原地跳跳，做动作——反正就是人家让我干啥，我就干啥。老师们看得挺快活的，就对我妈说："你这闺女可以，是个人才。这样吧，你后天再来一次。"

　　我妈边说好，边带着我回家了，路上还纳闷说："既然我闺女是个人才，那为啥就不留下呢，怎么后天还得再来呢？"

　　那时候我们也不懂，直到现在干了这行了我才知道，原来人家是等着给我进行二试呢。于是，几天后，我们去了杂技团才看到，里面满屋子的人，都在那又蹦又跳。我看着特别热闹，就也跟着他们一起闹腾，就当是在玩了。

蹦蹦跳跳几轮之后，杂技团的老师说："于月仙，你留下来吧。"

我妈听了，就问："你们这意思，是不是说要留下我闺女啦？"

"是啊！"老师表扬起了我，说，"你这闺女特别适合搞文艺。"

我妈一听这话，开心得不得了，拉着我就回家把这个喜讯告诉我爸。结果我爸一听，当时就变脸了，斥责我妈说："谁让你带着月仙去考什么杂技团的？"

我妈没明白我爸因为什么生气，就问："考杂技团怎么了？我单位的人都说杂技团特别难考，咱闺女能考上，说明她是个人才！"

"人才个屁！"我爸骂道，"演戏都是下九流的行当！搞文艺的女孩儿能有什么出息？还是搞杂技，危险性太大了！"又指着我说，"你快回去念书，别跟着你妈瞎胡闹！"

我一听我爹不答应，就怒从心中起，抬起脚就往外面跑。我脑海里又浮现出大年初二时，表姐家里那个蹦蹦跳跳的聚会了。我太向往那样的生活了。

我爸一看见我跑了，骑着自行车就追了上来。他那时候年轻，又高又壮，用胳膊一搂，一把就把我拎回来了。

回到了院里，他把我按在地上，说："于月仙！从此以后你给我断了这个念头！你要是再想干这一行，我就把你腿打断！"

3.

之后，杂技团的老师们来我家里做家访。我妈抱着我，跟他们解释说："不是孩子不想去，是他爸实在不愿意，说她要是再往你们那儿跑，就打断她的腿。"

虽然遭到了我爸的威胁，但我仍记得那天临走时，杂技团老师们对我妈和我的叮嘱。他们说："你这孩子，天生就适合搞文艺。不过，搞杂技确实有点儿危险。她这资质，适合当舞蹈演员，将来演电影也行。但你们家里这么反对，我们也能理解，只是有点儿可惜了。这样吧，我们给她保留这个名额，两个月之内，你们想来，随时能来，要实在不来，也行，但你们一定记得，这孩子不学表演就实在是太可惜了。"

"这孩子，不学表演就实在是太可惜了。"从此以后，我就记住这句话了，脑子里一直记着他们对我的嘱托，就这样，一直默默地喜欢着这一行，一直记到十四年后，我在二十二岁时，才考上了中戏。

教室里的演员梦

于英杰

1.

在我大姐还很小的时候，我们的大表姐马丽杰已经是歌舞团的台柱子了。当时家里住得近，大表姐没事就带大姐去她单位。那时我还没出生。我听大姐说，她会把大姐放在窗台上，给她一根糖，让她攥着。

大姐就在窗台上看大人们压腿、上课、排练、彩排。

耳濡目染中，她忽然就想跟她们一样：将来长大后，能够站在舞台上，试着去绽放一点儿光芒。

在那儿，大姐认识了很多朋友，其中一个在少年宫举办的业余艺校上课。大姐去了一看，感觉那地方特别棒。之后，她长大了，就也去那个业余艺校里学习了。

业余艺校的学生年龄参差不齐，大的有上班的姐姐，甚至快退休的阿姨；小的也有七八岁的小朋友。大姐在那里学到了很多东西，例如舞蹈的基本功和一些表演技巧。

她也交到了很多新朋友。他们对艺术的讨论以及老师的点评，对大姐来说，都是一种成长。

她一边学习着其他人的训练内容，一边消化着艺校里的课程。后来，有一年考试季，少年宫里传来喜讯，说他们的某个同学考上了一所什么学校。那时，大姐才知道，原来这个专业是可以考试的。

于是，她也试着去考，但每次都在考前场被我父亲拽了回去。

2.

我们家是书香门第，我爸一直希望大姐以后能当个老师。所以中考填志愿时，大姐就自作主张，偷偷选了一个幼师专业。之所以选幼师，一是因为以后出来能做幼儿教育，符合我爸对她的期望；二是因为，这个专业跟她的兴趣相符合，也可以唱唱跳跳，这样既能满足爱好和需求，又照顾到家里的想法和感受。

但我爸得知此事后，仍然有点儿不满，可是毕竟木已成舟，而且大姐毕业后也能做个艺术老师，他也不好再说什么。

结果，在大姐即将幼师毕业的时候，学校忽然发现这个叫于月仙的学生条件还不错，便破天荒地让她留校当了老师。后来，学校还安排她出去进修，于是大姐就选择去了沈阳音乐学院。

说好的三年进修，但学校怕她在外面待久了乐不思蜀，不到一年，就把她调了回来。

大姐没有念过高中，从职业中专一毕业直接当了老师，还被安排去沈阳进修——这些都是全赤峰市的人从未有过的待遇。

3.

留校后，大姐的第一堂课就是公开课。她站在讲台上，看着最后排的校长和领导，紧张到手脚冰凉，甚至连脖子都不敢左右扭动。别的班老师也好奇这个二十岁出头的小丫头能讲出什么名堂，便窸窸窣窣地边听边讨论。

她看到下面这么多双眼睛都在盯着自己，觉得既紧张又兴奋。

大姐那天表现得不错，反响出奇的好。之后，甚至内蒙古自治区教育厅的老师都会专程来听她的课。

我想，她就是在那时忽然体会到了那种被人瞩目的感觉。

她站在教室里，想着她的演员梦。

在那一天，她暗暗发誓，她要一直沿着这条路走下去，一直掌控着自己的人生之路。

她要被更多的人看到。

不怕万人阻挡

1.

　　我比英杰大十二岁，他患病那年，我已经毕业留校，在赤峰第一职业高中当老师。那时候有个女孩儿刚分到我们学校，是个大学生。我就常问她，大学生活是什么样子的，上课的环境是什么样子的，外面的世界是什么样子。每次她都说得眉飞色舞，激情澎湃，于是我满脑子都是对大学的向往。

　　有一天，我刚上完课，正经过操场回办公室。忽然从远处飞奔过来一个小姑娘，她跑到我身边，递上来一张报纸，说："于老师，中央戏剧学院在招生，你看一看，特别适合你。"

　　我拿过来，问："你是谁？"

　　"你不认识我的。"她说，"你也不需要知道我是谁，总之这个报纸你一定要拿好，这学校太适合你去上了。"

　　说完，她就走了。我看着她一路小跑的身影，又望了望手里的报纸，上面用笔画着一行小字，大意是说中央戏剧学院正在面向全国招生。

中央戏剧学院？我又想到了我遥远的那个梦。我可以吗？

2.

我决定试一试，便拿着那张报纸四处去打听具体的报名流程。我给电视台打电话，电视台说不清楚，他们不管这个，让我去文化馆问问。结果文化馆的人听后，说："这事你找我们没用，你直接去教育局问啊。"

我不敢去教育局，因为我是单位的留校生，是学校的老师，学校不允许老师考到外边去。

后来，有个群众艺术馆的工作人员说，市招生办公室那有全国各高校的招生信息，让我去看看。等我赶过去时，发现他们已经快下班了，我拦住门卫说："师傅您别关大门，让我进去看一眼吧。"

终于，我在招生办告知栏的一个角落里找到了中戏招生简章，我连忙借了纸笔，一行一行地抄了起来：报考条件，报考日程，联系方式……我甚至还把简章上中戏学校的照片都仔细地画了下来。

回家后，我拿着我抄下来的简章给我妈看，我说："妈，我想考大学。"

我妈说："怎么了，你在学校当老师不开心吗?"

我说："挺好的，但北京的中央戏剧学院在招生，我想试一下，这是我的一个梦。"

她听完，赶紧把我拉到里屋，关上了门，小声地说："仙儿，你去试试吧，妈支持你，但别让你爸知道，他不会答应的。"

我知道我妈的意思。眼下弟弟的病不见好，每天都得花钱；而我在学校当老师，端着一份多少人都眼红的铁饭碗，赚的工资又能补贴家用；而且家里除了弟弟外，还有两个妹妹需要照顾。这些事情都等着我去做。

我说："妈，你就让我考吧，我能自己挣钱，我不给家里添负担。"

我想试一下，这是我的一个梦。

3.

我妈答应了我考试的要求，但这件事还得瞒着我爸。于是，我只能偷偷地背着父亲练习。我在车来车往的桥洞里练声乐，在买菜时经过的小树林里练形体，在关了灯的教室里练台词，躲到没有人的卫生间里练表演。

有一天，我看家里没人，就大着胆子在家里练。我练着练着，英杰忽然冒出来说："姐，你这块儿不对，语气不行，你在说台词的时候需要多停顿一下，这样感情才显得饱满。"

我才发现他竟然在家。我看着英杰说："哟，小看你了，你也懂这个？"

他像个小大人一样抱着胳膊说："姐，你练吧，我在这儿给你把把关。"

于是，那年十岁的英杰就佝偻着背，站在我旁边，当我的陪练。每次他觉得我演得不好时，就记录下来，并告诉我这块儿应该怎么演，那块儿应该如何说……我边消化他的意见，边改进我的表演。后来，我把经过英杰处理的节目演给朋友看，朋友们都称赞道："别说，你这个弟弟指点得还真专业。"

一个月后，某个周五的下午，等所有人都下班了，我偷偷跑出宿舍，把写好的请假条塞进了校长办公室，然后赶忙回家打包好行李，坐凌晨三点多的火车去通辽考试。

临走前，我跟我妈说："妈，我走了，你照顾好我弟弟妹妹。"

说着，我又想去里屋再看一眼沉睡的弟弟，可这时，我妈却推了我一把。

她说："仙儿，快走吧，一会儿你爸醒了，你就走不了啦。"

4.

那天火车晚点了，等我第二天到通辽时，考场已经在进行二试了。

我抱着妹妹给我做的条绒包——里面装着我跳蒙古舞的道具，还有一双练功鞋，在考场的门口来回踱步。这错过了一试，人家能还让我去考二试吗？

后来我一想，甭管它一试二试，来都来了，就闯进去试一试。想着想着，我不知道从哪里来的一股勇气，砰的一声，把那扇红色的考场大门给推开了。

里面的人被吓了一跳，瞬间鸦雀无声，都直勾勾地盯着我。

安静了一会儿，终于有人开口了。他问："你谁啊，想干什么？"

"对不起……"我捏着衣角边往里面走，边说，"我就想问问……你们谁是主考老师？"

"我在问你叫什么！"那人没回答我，只是提高了嗓门儿，吼道："谁让你闯我们考场的？"

"对不起。"我还是说，"我只想问问，你们谁是主考老师？"

见我答非所问，坐在中间的几个人就窸窸窣窣地商量了起来，一旁的考生也对我指指点点，仿佛我是个不知天高地厚的神经病。

这时，其中一位老师朝我摆摆手，说："孩子，你过来。"他指指身边的两个人，"我，还有这两位，都是今天的主考老师。"他又看向我，"你告诉我你叫啥，你来干什么？"

后来我才知道，这位正是中戏的姬处长。

我说："老师你好，我叫于月仙，我从赤峰来的，来考试。"

"你知不知道你来晚啦？"

"我知道，"我说，"可是没办法，我有工作，在学校里当老师，还是班主任，周五下班得开会。学校不知道我来考试，我偷着来的。我今年二十二岁了，年纪不小了，想再给自己一次改变命运的机会，求你们让我考一次吧。我知道自己不一定能考上，但我就想试试。要是考不过，我就死心了，以后好好回去上班，再也不惦记着往外面闯了。"

几个老师听完我的话，又商量了一阵子，过了会儿，姬老师说："你既然来了，就给你一次机会，我们就当你是一试的最后一名，等他们考完了，你再考。"

我连忙答应，头点得跟小鸡啄米似的。

考完后，刚走出考场，姬老师忽然叫住我谈话。他说："于月仙，你是学什么的？"

我说:"我是学幼儿教育的。"

他点点头,叮嘱道:"你这次表现不错,但专业过了还得通过文化课考试。你的实际情况我们也了解了。你要切记,务必去参加全国文化课高考,无论遇到什么困难,都要坚持去考,能做到吗?"

我忙不迭地点头,说:"能,老师你放心吧,我于月仙一定能。"

5.

我刚回到赤峰老家没多久,就收到了专业考试的合格证。我还没来得及高兴,这事就被校长知道了,他把我叫到办公室里,希望我放弃考试。他说:"你是咱们学校的留校生,不能考到外面去。"

我说:"不行,我都已经走到这一步了,我要坚持。"

在学校里,从来没有人能抵抗校长的权威,我是他遇到的第一个不识相的人。他愤怒地拍了拍桌子,吼道:"于月仙,你不要以为我治不了你,我能把你留校,也能让你去看大门!"

我以为他是在跟我开玩笑,结果第二天,他真的就把我调到了学校门口的收发室里。

我爸得知此事,指着我的鼻子骂道:"放着这么好的工作不干,你到底想干什么？"

我说："爸，我什么都不想干，我就想参加高考，我就想去北京上大学。"

在收发室待了几天，慢慢地我也想通了，这样看大门其实也挺好，没人打扰，也没人管，我就在里面看书自学。可我刚看了几页书，又被传达室的老头儿发现了，他便罚我推煤，每天早中晚都要帮他推三车煤灰，不然他就去找校长告状，说于月仙连个大门都看不好。

我寻思多一事不如少一事，无非几车煤嘛，推就推。

于是，那些日子里，我每天都灰头土脸地泡在煤堆里，鼻孔随便用手一挖，里面就全是黑黑的煤渣。

某天，我推着煤车，路过一个补习班，看到里面正在上课。我看着看着，竟看入迷了。里面的老师发现了我，就问："你是干吗的？"

我说："我想参加高考，但家里不让，我也没钱，我的工资全被我爸没收了。"

那个老师听完我的故事，指了指教室里一个空位，说："这有一个考生，也是艺考的，但经常逃课，到现在也没来过几次。你以后就坐他那上课吧。我不要你钱，免费为你提供座位，但你要好好学习，争取考一个好成绩出来。"

我连忙感谢他。他又问："你什么时候来？"

我说我只能下了班再来，我白天还得去学校，我们校长罚我去给学校看大门，我们传达室的老头儿让我给他推煤。

他说："于月仙，你胆大不？照我说，你胆子再大点儿，把工作辞了，安心在这儿上课，我全天辅导你。你只要有志气，一定能考个好成绩。"

我说："叔，我不敢，我只能晚上下了班才来。"

顿了顿，我又补充说："您不知道，我要是现在真把工作辞了，回去后我爸会打死我的。"

6.

八十二天，我记得特别清楚，我在那个老师的补习班里整整学习了八十二天。直到八十二天后，我终于要去教育局参加高考报名时，却被人告知说：

"于月仙，你的考试名额被冻结了。"

原来，校长已经提前跟教育局打过了招呼，说这是单位留校的老师，不能给她报名，她要是跑掉了，校领导会亲自去教育局要人。

我只好买了水果和礼品，低声下气地回学校去求校长。可他看都没看，就把那些水果扔到了地上，说："于月仙，现在我看你还能怎么办？"

我蹲在地上一颗一颗地捡起水果，没有气馁，反而心里暗自发誓说：我要考试，谁也阻拦不了我。

可事情还没完。校长当天还派了人去我爸单位告状，轮番地给他来做思想工作。我爸本来脸皮就薄，经过这么一折腾，更觉得没面子。他刚回到家，还没来得及骂我，又被我的一个亲戚叫走了——这事终于传到了我爷爷的耳朵里，他十分生气，正召集全家开会商量怎么"处分"我。

在这个重男轻女的家庭里，我这个女孩子是没有资格去参与他们的讨论的，我只好和我妈在门外等着。他们在里面热火朝天地说了好几个小时。直到天黑，我爸才气冲冲地走出来，他拽着我的衣领，说："给我滚回家里去。"

一路无声，我默默地跟着我爸回到了家。他刚把门打开，我还没来得及开灯，他就冷不防朝我扇过来一个大嘴巴子。

那一巴掌扇得我眼冒金星。我还没反应过来，接着，他就又朝着我踹了一脚。那一脚踹得特别狠，仿佛把他对我所有的不满都发泄了出来。我被踢得连退数步，疼到胸口发麻，只好趴在地上不断地喘着大气。

我没哭。从小到大总挨打，这样的生活我早就习惯了。我只是趴在地上，红着眼睛瞪着他。瞪着瞪着，我忽然爬起来，扭过身子，逃进了漆黑的大街上。

我不知道该去哪儿，能去哪儿。我不明白，只不过是考一个大学而已，为什么所有人都不支持我？我在大街上晃着晃着，稀里糊涂地就走到了一个胡同里面。

我揉了揉眼睛，看到那里亮着一道光。

我才意识到，这是走到了我大姨家，我在门口站了一会儿，纠结要不要进去。

恍惚之间，我轻轻敲了下门。

"谁啊?"我大姨在里面问。

我说："姨，我是月仙。"

门开了，大姨披着外套，问："这么晚了，有事啊仙儿?"

我说："我没事。"

她看着我灰头土脸的样子，说："进屋，有事进去说。"

我说："姨，我没事。"

"没事也进去!"她把我拽到家里，按在沙发上，给我倒了杯水，又问道："有心事?"

我还是那句话：姨，我没事。

"受欺负啦？"

我摇摇头，说没有。

"你肯定有事！"她提高了嗓门儿，"仙儿，你哭出来，有什么事你跟姨说，你喊，姨不怪你，你把你心里的委屈都释放出来！"

她这一吼反而把我吓得没了方寸，终于，我把隐忍了二十二年的眼泪一股脑儿倾泻了出来。我从沙发上滑到了地上，抱着玻璃水杯，把头埋在膝盖里，号啕大哭起来。我说："姨，我想考大学。"

我姨父走过来，看着我姨说："不管发生了什么，这忙咱都得帮，不然，这孩子将来就废了。"

我姨是赤峰有名的裁缝，市里大大小小歌舞团的演出服都是她做的。她说她有一个客户是我们市小学的音乐老师，老公在市教育局工作，估计能帮上点儿忙。

"仙儿，你擦擦脸。"她给我递过来一条毛巾，说："姨给你想办法。"

于是，大半夜的，我姨举着手电筒拉着一路抽泣的我，敲开了那户人家的门。他们也很奇怪，纳闷什么事非得二半夜说？

我姨就拉着她的手，求道："我们家仙儿的这个事，麻烦你帮帮她，不帮她，她就真的完了。"

人家想了一会儿，说："那行，我想想办法，你等信儿吧。"

第二天中午，我正在收发室里发呆，忽然，一个人站在门口通知我说："于月仙，你可以去参加高考了。"

7.

考完试后，我回学校继续工作，一边看大门，一边焦急地等待着考试结果。但奇怪的是，我身边一同考试的朋友们，都陆续接到了入学通知书，唯独我没有。

我怀疑是不是通知书寄丢了，就去考试办问。考试办几番确认后，答复说，确实没有你的录取通知书。

我心头一凉：完了，我没有考上。

于月仙，你没戏了，乖乖看大门吧。

之后的日子里，我每天都过得极其消沉。我开始在家里给自己找事干，拖地擦桌子抹玻璃，做饭洗衣服换褥……似乎这个家里的一切都在等着我去收拾。

有一天，我回到家，看着天发呆。看着看着，我忽然就觉得那块玻璃有点儿脏。我越看越觉得它脏，于是便拿起螺丝刀，直接把窗户拆了下来。我卸下玻璃，接了盆水，蹲在盆子前，一下一下地抹着它。

我想，它得好好擦一擦，把它擦干净了，一切就都干净了。

我越擦越来劲儿，仿佛这是人世间最美妙的工作。

正当我擦窗户擦到入神的时候，我妈忽然回来了。那并不是她下班的时间。我放下抹布，看看表，说："妈，你咋这么快就回来啦？"

她一看到我神神道道的模样，哗的一声就靠在门边，用手按着脸，哭了起来。

我说："妈，哭啥？咋了，谁欺负你啦？"

我妈边哭边摇头，说："闺女，你考上了啊！你考上了！你终于考上了！"

我没信，觉得我妈疯了。我说："不可能，我去考试办问了，人家说了，于月仙啥成绩都没有。"

我妈说："真的，闺女，你真的考上了，北京的老师来接你了。"

原来，中戏的老师们早上坐火车到了赤峰，经过一路打听，最后找到了内蒙古自治区文化厅。他们对文化厅的领导下达了死命令，说："这个叫于月仙的人，你们必须放，这是国家的人才，我们要带走去培养。"

我妈边讲边哭，边哭边讲："这帮王八蛋，他们都说你不行，都说你做白日梦。闺女，你出去，你出去跟他们说，跟全世界说，你就说我于月仙考上大学了。"

我妈这么一说，搞得我鼻子也酸酸的。我哄她说："妈，你别哭了，你再哭就不好看了。"

8.

我妈把我爸从单位叫回来，对他说："事情已经这样了，孩子考上大学是喜事，是大事，你必须去一趟。"于是，我爸就带着我去火车站附近的铁路宾馆，去见那两个中戏老师。我到那儿一看，其中一个正是那天的姬老师。

我们刚坐下，聊了一小会儿天，我爸忽然蓦地就又站起来，说要出去一下。

我看着他离去的背影，心里又怦怦地狂跳了起来。我心想糟了糟了，我爸肯定又生气了，一会儿他要是当着这两个北京的老师的面发起飙来，我这学就又上不了了。

可没过多久，他却抱着两个西瓜回来了，还拎着一箱杏仁乳饮料。我爸对两位老师说："天这么热，辛苦你们这么老远来，这是我们当地特产的杏仁乳，你们也尝尝吧。"

说着说着，我爸自己反而不好意思地先笑了起来。

笑着笑着，他也笑出了几行老泪。

从铁路宾馆出来后，校长就通知我回学校，让我当他的面写辞职信，还得捺指印。我把辞职信交上去时，校长问："你想好了吗?"我说："当然想好了。"

"就你这样子还想当演员？可笑!"他把腿跷在桌子上，举了举手里的信，"也不看看你是谁，到时候混不好了，你还得回来求我。"

我说："你看着吧，我于月仙就算饿死、穷死在外面，我也绝对不回来。"

然后，我回到教师宿舍，把我的全部家当都整理了出来。翻东西时，我找出来一张前一年获得的内蒙古优秀教师荣誉证，我拿着它看了一会儿，感觉恍如隔世。之后，我把那些东西扔进一个铁盆里，放了一把火，全烧掉了。

这时，旁边走过来一个人，是我以前的同事。他说："好好的，你烧这些东西干什么?"

"没用了，"我说，"我要走了。"

"你去哪儿?"他问。

"以后你会知道的，"我说，"以后全赤峰的人都会知道的。"

只怕自己投降

于英杰

1.

八岁还是九岁时，有一天中午，我在家里昏昏午睡。本来我睡觉就轻，稍微有点儿动静就会醒，那天太阳又很厉害，晒在身上，滚烫滚烫的，我翻了个身，抖了抖毯子，忽然听到屋外有窸窸窣窣的声音，像是有人在收拾东西。

过了一会儿，我又听到有人说话的声音，语调忽高忽低，像是很多人在讨论着什么。我寻思着我是不是在做梦。睡到迷迷糊糊时，我起身上厕所，刚掀开帘子，就发现我大姐于月仙正站在那里，拿着小本子在说着什么。

"姐，你这是在干啥？"我揉了揉眼睛，"大中午的，你怎么不睡觉啊？"

"我在排练一个故事。"她说，"一头绝顶聪明的猪。"

2.

《一头聪明绝顶的猪》讲的是森林里有一头猪，在图书馆上班，它深信自己凭借着多年图书馆管理员的生涯，已经成了知识渊博的学者，所以自认为聪明绝顶。

有一天，一只鹦鹉来图书馆看书。猪就对鹦鹉说："我在这个图书馆里待的时间很长了，对这儿一草一木都十分了解，我甚至能说清楚这个图书馆里有几个厕所。"

"你所说的都是图书馆外面的事，那里面的东西你也了解吗？"鹦鹉问猪。

"里面？"这头"聪明绝顶"的猪说，"里面我当然清楚了，无非是一些木架子，上面堆满了各色各样的书。"

"是啊，那些书你都看了吗？"鹦鹉问，"人们都说，那些书里有知识的宝藏呢！"

"当然看了！"猪说，"都是些无聊的破玩意儿，既不好吃，也不好玩意儿，我咀嚼过好几本，干巴巴的，连一点儿水分也没有！"猪劝鹦鹉别浪费时间看书，它说："与其花时间去啃书本，还不如到垃圾堆翻几个烂萝卜啃啃呢！"

这个故事讽刺了猪只知道吃和睡，把书当作"干巴巴的破玩意儿"。它虽然拥有很多书，但却没有理解学习的本质。一个人拥有多少书，并不代表着他就直接掌握了知识，知识还是要通过努力学习才能获取到。

这是一个非常有名的经典童话，小时候我爸妈就经常讲给我听。他们希望我能脚踏实地地看书、学习，不耻下问，我特别喜欢这个故事。

3.

姐姐当着我的面，又表演了一遍。看完后，我说："姐姐，你那个猪学得挺像的，但那个鹦鹉的语气应该再尖锐一点儿。我在同学家听过，鹦鹉的声音是这样的……"说着，我就学给她听。

"这样行吗?"她有点儿犹豫。

"可以的。"我说，"姐姐你想啊，鹦鹉不是来看书的，它是来讽刺小猪的，所以你应该用尖锐的声音来加强那种讽刺的语调。"

过了一会儿，我上完厕所回来，姐姐兴奋地拉住我，说："英杰，你现在再听听，是不是好了些?"

说完，她又表演了一次，我听完，笑着说："姐! 这次效果真的好多了。"

当天晚上吃完饭后，大姐又偷偷找到我："英杰，你晚上有什么事情吗？"

"没啊。"我揉揉肚子，打了个饱嗝。

"那走！"她高兴地拽着我，"我带着你出去，咱俩到小公园里，背着咱爹，我再偷偷地练一遍。"

我看看我爹，他刚吃完饭，正端坐在椅子上，翻一本书。

我说："姐，你排练节目又不是啥偷鸡摸狗的事，干吗要背着咱爹呢？"

"嘘！"她连忙捂住了我的嘴，"这事不能让咱爹知道，他要是知道了，会打死我的。"

4.

后来我才知道，大姐想去上大学，考中央戏剧学院。

可那时候她已经二十二岁了。

大姐幼师毕业后，就留校在职高当老师，工作稳定，端着一份人人羡慕的铁饭碗。那时爸妈正张罗着给她相亲，希望她快快成家，安定下来。而如果她真的去北京上学，那家里不但少了一份收入，还得额外给她交学费，又多了一笔开支。

而且我父亲的思想向来比较保守，他肯定是不会同意的。

之后的几十年里，我大姐跨入演艺圈这个行当后，还会时不时地给我打电话，问我这块儿怎么演，那块儿怎么练。

每次我一接电话就纳闷，说："姐，你现在都当演员了，合作的都是大明星、大导演，你拍戏不问他们，问我这个门外汉干吗呢？都不怕我给你带偏啦？"

她听了就笑，说："英杰，我相信你，跟着我的弟弟于英杰练，准没错。"

每次她一说到这里，时光就仿佛回到了我儿时那个炎热的午后，我躺在床上，姐姐在门外，拿着本子，一段一段地揣摩着故事和台词。

之后，她会告诉我说，这是她的梦想，她要去试一试。

我点点头，说："姐你去吧。无论你做什么，我都会支持你的。千万别投降！"

既然你给了我一个健康的身体，那我就要在你的身前，做一堵挡风遮雨的墙。

最艰难，却又最美好的时光

1.

我跟着姬老师来到北京，他坐在办公桌前，从兜里拿出一把钥匙，打开抽屉，把里面的一个牛皮纸信封递给我，说："于月仙，这就是你的大学录取通知书，之前我都不敢给你寄，怕被你们那儿的人扣住。"他指指隔壁，"与我这办公室一墙之隔的地方，就是咱们中戏的新生报到处，你赶紧去报到吧！"他语重心长地叮嘱道。

"这次，谁也拦不住你了。"

2.

在中戏，我度过了人生中最快乐的一段时光，并在那儿认识了我的老公张学松。在上大学之前，我已经在赤峰做了五年老师，而他也刚好当了五年的兵，之后又在天津电影制片厂工作了一年。论年龄和阅历，我俩都是班里最资深的人。后来他成了我们班的班

102

长，我做了副班长。因为这几层关系，我们的共同语言就更多一些。

于是，这两个全班年龄最大的人，渐渐就成了无话不谈的朋友。

有一年，我弟弟英杰来北京假肢厂定做一个"铁背心"。那是一个用钢筋做的铁罩子，我爸每天要用它来勒住英杰的背，防止他的背弯得更厉害。

做完"铁背心"后，弟弟来我学校玩儿。刚巧，学松同宿舍里有个男孩儿，也是我们赤峰人。我弟弟听说后，就觉得"只要是赤峰老乡就都应该认识一下"，便非要去找他玩儿。可到了人家宿舍后，发现只有学松一个人在，学松就给英杰解释说："你要找的那个赤峰的小伙不在。"英杰不信，问："你是谁?"学松觉得这小子有意思，就问："那你先告诉我你是谁。"

然后英杰就自豪地说："我是于月仙的弟弟。"

学松这才知道："哦，原来我们的副班长还有个弟弟。"

他俩当时相处得挺不错，学松很喜欢这个调皮的小孩儿。他带着英杰在北京玩了几天，走的时候，还亲自把他送了上火车。而英杰刚坐稳，就打开车窗，朝学松伸出了一只手，要跟他握手。学松一看，没想到这小家伙还挺懂礼貌，便也伸出了手，握了一下。

"哈哈哈!"英杰却忽然在火车里高声笑道，"伸出友谊的手，握住诚实的狗!"他边笑边使劲儿地握住学松的手。

"小崽子，你敢张嘴骂我！"学松没料到自己竟然被他捉弄了，连忙把手抽回来，威胁他道："小子，等着吧！等着我泡你姐！"

3.

毕业几年之后的一次同学聚会上，大家聊起了校园生活。我身边的女孩儿们纷纷夸耀说年轻时有多少人给她们端茶倒水打勤献趣。一个同学总结说："咱们表演系的女孩儿，不用说，肯定是全校最漂亮的，有人献殷勤很正常嘛。"另一个同学却说："也不是，中戏就是狼多肉少，别说表演系了，就连舞美系、戏文系，甚至导演系的女孩儿都有人为她们服务啊。"

我看她们说得眉飞色舞，便纳起了闷。我说："不是吧，我在中戏那几年，可从来没人给我打过水、拎过包啊！"

"为啥？"在场的一个戏文系的男生听见我这话，指着我老公张学松，哈哈大笑，说："想知道原因？去问你老公啊！"

在我的再三追问下，学松终于向我揭开了谜底。

原来，当年学松入学以后，就盯上了我。在中戏这种帅哥美女如云的地方，他十分担心我被"泡妞经验丰富的师哥们先下手为强"（这是学松的原话），就满学校打听哪一届的师哥最厉害，结果得知是八九届的师哥"泡妞功夫最老到"。于是，学松就找到了他们宿舍，一脚把门给踹开了。里面的人正在打扑克牌，脸上都贴满了纸条，面对他的突然闯入，几个人拿着牌，大眼瞪小眼地发蒙。学松没等他们反应过来，就说："我叫张学松，是表九二的新生。我听说了，全中戏你们宿舍的人最厉害，是表演系的老大，每年的新生女孩儿你们都要泡。但是……"他壮了壮胆子，继续说，"别的女孩儿你们可以随便泡，但我们班有个女孩儿叫于月仙，她是我的妞，你们别动！"他拿出了军人的架势，叉着腰警告说，"我现在告诉你们，是给你们个面子，老子以前可当过兵。从今天开始，往后谁要是再跟她在一块儿，就别怪我不客气。"

我听了，不可置信地问道："你不怕吗？人家可那么多人。"

"怕啊！"学松说，"怕死了！我说完后，就一路小跑地下了楼，边跑边看看后面有没有人追，一直到我回到宿舍，确定没人追过来打我，才把心塞回了肚子里。"

"之后好几天，我连宿舍门都没敢出！"他补充道，"等到再过几天，我就观察到，嘿，真没人再敢帮你打水献殷勤了！"他边说边跟同学们炫耀，"你们想想，等到两个月以后，于月仙发现自己被全校的男生孤立了，谁也不给她干活儿。这时，忽然有一天，我出现了，帮她打水、干活儿、搬东西。你们想想，这她得多感动啊！肯定乖乖地就成了我张学松的人!"

4.

我当年上中戏只带了一千七百元的学费。我爸拿着那些钱,面露难色。"咱家也不宽裕,你弟弟治病一直得花钱。"他把钱递给我,说,"只有这些了。"

我接过,把钱塞进包里,说:"爸,你放心,往后我于月仙再也不向家里伸手要钱了。"

到了北京之后,我最挂念的还是病中的弟弟。那时候,我赤峰的家里还没电话,只有邻居家里装了一台,我就经常到电话亭里给他们家打电话。可这电话毕竟是邻居家的,所以每次打之前,我都要深思熟虑很久——担心人家是不是在睡觉,是不是在吃饭,这个时间打会不会不方便。

那时,我最大的愿望,就是赶紧赚钱,给家里也装上一部电话。

我开始不断地勤工俭学,找各种能赚钱的事情做,只要不失尊严脸面,就什么活儿都接。有一天,几个剧组来中戏找演员,但都是龙套角色,同学们都不愿意去,觉得戏份太少。我说:"她们不去我去,只要你们给钱,剧组又正规,我就什么都能演!"

那是个古装戏，要我扮成宫女，在龙船上等着皇上巡游。我从中午就开始等了。等的时候，化妆师对我说："喂，宫女，你不许睡觉，你要是睡觉妆就花了。"

于是我就坐下等。刚坐下，服装师又来了，说："喂，宫女，你不可以坐，你要是坐了，衣服就会起褶子。"

于是我就站起来，靠在栏杆上等。结果我刚靠上，道具师又来了，他说："喂，宫女，你不能靠在这根栏杆上。"

就这样，我披着军大衣，愣是在船上从头天中午站到了第二天。

后来，演皇上的演员记住了我，便问我是哪个学校的人。我说我是中戏的，皇上一听，说："我也是中戏的，我是中戏的老师。"于是，宫女就和皇上聊了起来，皇上问宫女说："你这么好的条件，怎么只演个宫女啊，这龙套角色你也接？"

宫女说："得接啊，这来一趟给一百块钱，我想挣钱给家里装电话。"

就这样，我一点点地攒起了钱，慢慢地改善着家里的生活环境。

5.

弟弟是我在北京奋斗的动力，每当累的时候，我都会想一想他——他现在过得好不好，穿得暖不暖，身体有没有好转，还疼不疼……可是在北京，除了学松以外，弟弟的事情，我没再对其他人说过。

有一次，我刚拍完戏回到学校，我的三妹于月智给我打来电话，她说："告诉你两件事，第一件事是老二要结婚了，就嫁给你们学校的学生。"

我说："那太好了，祝福她，第二件事呢？"

"第二件事啊……"三妹拖长了音，说："今天，咱爸竟然让我去接弟弟放学了！我能接弟弟了！"

我一听这话，心里比她还高兴，因为接弟弟放学，这在家里是最大最大的事情，而让三妹去接，说明家里人也认为她长大了。

可说着说着，月智就哇哇地在电话那头哭了起来。我说："你哭什么啊，这不挺好的事嘛！"

月智边哭边说："姐，我骑着自行车，带着弟弟回家。回家的路上，英杰他……他……他……"

"他怎么了啦"我问。

"他摸我后背！"

我蒙了。

"我就打了下他的手，我说'讨厌，姐长大了，别老摸我后背！男女授受不亲'。"月智喘了喘气，"可是，姐……你知道弟弟说什么吗？他说……他说'姐，我真羡慕你们三个，能有这么好的后背，又光又直溜'。"她在电话那头哭得更厉害了，"英杰他说'我是你们的弟弟，可我为什么就没有这样的后背呢'。"

我握着电话，想着英杰的模样，一句话都说不出来了。

回到宿舍，我也绷不住了，就趴在床上哭。我同学问："于月仙你咋了，哭什么呢？"

我说没哭什么，说完，继续哭。

她们见我哭个没完没了，就一直逼着我问。我实在没办法，就说："我妹妹要结婚了。"

同学们不理解，说："你有毛病哪？你妹妹结婚，你哭得这么伤心干什么？哦——她找的对象你也喜欢哪？你伤心哪？"

我说："不是，不是你们想的那么回事。"可一说到弟弟，我又不知道该如何跟她们解释。大家就觉得我莫名其妙，便把学松叫过来安慰我。学松特别懂我，一看到我这个样子，就什么都明白了。

"没事，"他对她们说，"让月仙哭吧，我在这里陪着她。"

6.

我和学松是艺术考试的定向生，当年入学时中戏就已经帮我们安排好了工作单位，双方也签订了劳动合同。毕业后，我被分配到了包头，而学松却被分配到了福建。我犹豫再三，还是舍不得他去那么远的地方。学松说："要不然咱俩都不去了。""可不去咋办？"我有点着急，"毕竟你户口都已经调到福建了！"

"没事。"学松给我吃定心丸，"不行的话，咱们给人家单位赔点儿钱，把合同取消了，毕竟是咱违约了。"

在那个年代，合同里的违约金对我们来说是个庞大的数字，我们只能四处借钱。因为一毕业就举债，我们俩只能租住在西四胡同的一个小平房里，三百块钱一个月。现在想想，那并不能算是"房子"，而是用遮阳布盖的一个四面漏风的棚子——是啊，我们穷，我们没有资格住在屋子里，可就这样我们也要生存——屋里没有水管，要喝水我们就去公厕门口接；屋里没床，我们就捡了个床垫子，上面铺上被褥，照样睡；没有床头柜，就用几个纸壳套在一起，上面蒙一个花布，也能用。

那年北京的冬天一直不下雪，空气干燥得厉害。我有时候感冒，有时候上火，夜里还经常流鼻血。夜里醒来，学松看着我，心疼地说："不然我明儿去买个加湿器吧。"

"加湿器？"我忙拒绝道，"太贵了，咱们赚钱不容易，省着点花吧。"我用纸堵住鼻子，把脑袋一仰，"我忍一忍就行，没事的。"

结果第二天，学松回家时，不知道从哪捡了一个电炉子。"这炉子电线坏了，别的我看都还行。"他借来一堆维修电路的工具，捣鼓了几个小时后，一插电，嘿，竟然还真能用！

一看炉子热了，我们就又找了个铁盆，里面放上水，一边烧水，一边当加湿器。

那个电炉子跟了我们很多年。几次搬家，我都舍不得扔掉它，每次看到它，我都能想到那段艰难又贫穷的岁月。

7.

可电炉子也只能给我们送去一点点温暖，解决不了生活上真正的困境。有一天，北京下大雨，雨水把我们的顶棚给泡塌了，砖头瓦片洒了一地，我的床和"床头柜"也都被压扁了。那天学松不在，我就只好锁上门，朝着西单的方向边跑边哭，感觉自己在残酷的人生面前特别无力。

天马上就要黑了，我在雨中，看着北京繁华的街头上家家户户亮着的灯，发现那些窗口没有一个是我的，我觉得自己特别像卖火柴的小女孩。

太冷了。

　　我从西四走到西单，走累了，哭够了，忽然就想起我当老师的那段时光。我在那所学校里读了三年的书，工作了五年，我对它特别有感情，我在那里编织了八年的梦，也受了无尽的捉弄和嘲笑。

　　想到那所学校，我擦了把眼泪，顶着大雨走回了家，把被雨水冲泡了的东西一样一样地整理好。我一边整理东西，一边问我自己：于月仙，你为什么要出来？你历尽磨难千辛万苦地来到北京，不就是要闯荡出自己的一片天吗？这点儿困难压不倒你，你不能放弃。

　　你绝对不能放弃。

　　后来，我们离开了只有棚子的平房，搬到了车道沟，终于住进了四面有墙，头上有顶的房子——可惜只有半间——因为屋子另外一半的空间里放着房东的杂物——这是他家的仓库。

　　有时候，我们早上睡觉睡得蒙眬醒时，房东会连声招呼都不打地打开房门，路过我们的床，径直走到他的仓库里，开始翻东西，边翻边高声地跟客户打着电话。

　　那时，我们俩就只好用被子把脑袋蒙得再深一点儿，再深一点儿。

　　仓库里阴冷潮湿，晚上睡觉时常常冻得人脑门儿发凉，头皮上都是一层冰碴，电炉子也无计可施。没办法，我们终于咬咬牙，买了人生的第一个大件——电暖器。那时候，市面上刚流行台式的可移动电暖器。为了省配送费，我们就在商场里把它组装好了，我在前面扶着，他在后面推着，一路又推又拉地把电暖器带回了家。

"哎呀，终于不用在屋里穿羽绒服了！"插上电后，我把外套一脱，搬个小凳子坐在电暖器前。我看着渐渐亮起来的暖气片，说："学松，你也把外套脱了，等着吧，一会儿热起来后，咱俩还得出汗呢！"

过了一会儿，学松打了个喷嚏，"怎么越来越冷了？"

"要不，咱往前挪挪？"就这样，我俩就一直把凳子往前面挪，就差把脸贴在电暖器片上了。又过了一会儿，学松揉了揉鼻子，说："这不好使啊，我都冻得流鼻涕了。"他又摸了摸自己的脑门儿，"也没流汗啊！"

怕他感冒，我赶紧把外套拿来给他披上。两个人又乖乖地穿着羽绒服、裹着被子坐回了床上，只是把电暖器放到床边，有事没事就暖一暖手，像原始人刚学会烤火一样。

在北京，我们一共搬过九次家——从西四到车道沟，再到白石桥、牡丹园……每次都因为房租涨价而不得不去寻找新的住处。

直到1997年，我们终于可以搬到楼房里了，虽然只是一个单间，可毕竟"能上楼了"，心里还是很开心。现在想想，那个屋子真是简陋到不行，水泥灰墙的毛坯房，甚至连防盗门都没有。但我们不在乎，一件一件地往屋子里添置东西，每当屋子里多了一件家当，我们的幸福感就增加了一分。

一个戏文系的老同学得知我们搬家，非要送我们一个"小礼物"。我本来还想跟人家寒暄一下，结果一看，送的竟然是个电饭锅，我就毫不谦让地收下了。

后来我们又买了二手的洗衣机和热水器。那时，学松就经常跟朋友们吹嘘说："你们没事就来我家吃饭啊！我家什么都有，能洗衣服，还能洗澡！"接着，他打开他的钱包，开始炫耀，"哥们儿我现在今非昔比了！你们看看，我钱包里都能有一张整一百的了!"

话虽这么说，但我们的生活依然过得很节俭，因为除了还账以外，弟弟的病还需要我源源不断地给家里寄钱。那时候，家对面刚好有个很简陋的菜市场，里面环境虽然糟糕了点儿，但麻雀虽小五脏俱全，什么都有卖。其中有个摊位，老板用几条凳子架着，用塑料布兜一个槽子，上面放上鱼缸，里面塞个简陋氧气泵，卖鱼。

鱼摊老板规定，他们家的鱼活着，卖五块钱一斤；要是鱼死了，就贱卖五块钱三条。

于是，为了捡便宜，我和学松就常常站在摊位前，等鱼死。

我俩毕竟学过表演，就站在那里假装聊天，边聊，边用余光往身后的鱼缸里瞟，看那鱼死没死。等到攒够了三条死鱼，学松就一拍脑门儿，假装刚想起来一件什么要紧的事儿，说："哦对了，我是来买鱼的！"然后扭过来，从兜里拿出早准备好的五块钱，指着那三条刚咽气的鱼说，"老板，把这三条死鱼给我包起来！"

后来时间长了，老板也看出来了我们的小伎俩。有一天，我们逛完菜市场，买好别的菜后，就又站在鱼摊前，假装聊天。可那天不知道怎么了，我俩等了半个多小时，里面的鱼愣是活蹦乱跳的，一点儿要死的迹象都没有。

学松就有点儿着急，边跟我尬聊，边跺着脚小声嘟囔说："今天这鱼怎么这么不争气？这都半个小时了，咋还不死啊……"

这时，鱼摊老板忽然拍了拍学松的肩膀，说："兄弟，别等了，今儿我刚给鱼缸换过氧气泵，气儿打得特别足。这鱼啊，一时半会儿死不了。"

这话搞得我跟学松特别尴尬，还没等我俩找个地洞钻进去呢，鱼摊老板就又冲我们笑笑，说："看你们天天来我这儿买死鱼，估计过得也不容易。"他从另一个缸里拿出几条鱼，装进袋子里，递给学松，笑道："这鱼我算它死了，快和你老婆拿回去炖汤喝吧。"

8.

虽然在北京的生活好了一点儿，但我总感觉只有赤峰才是家。因为那里有我的爸爸，有我的妈妈，有我的妹妹，还有我可爱的弟弟。

所以每当我在外面拍戏，只要遇见好吃的、好玩的，就都愿意攒起来，等到春节时一股脑儿地往家里带。

学松就常常嫌弃我说："于月仙，你怎么不管好的坏的都往你老家拿，我感觉你连扔个抹布都愿意往赤峰扔！"

有一年春运，我俩大包小裹地到了火车站，但那天人实在是太多太多了，我们只从黄牛那儿买到了一张火车票，可这一张票，咋让两个人上车呢？正当我着急时，我听我前面几个没买到票的人说，可以先上餐车再补票，我就扛着包跟着他们往餐车跑，跑了一会儿，我才想起学松还在后面呢，我就把票塞到他手上，说："你先上车，一会儿去餐车找我！"

然后我跟着人群，快速往餐车方向跑。到了餐车，满眼看去都是人，大家都在往上挤，我就扒着餐车的窗户，对里面的一个男的说："大哥，我没有票，也补不上票，我想到餐车里面，求求你了，麻烦把我拽进去行吗?"

好不容易从窗户里钻进去后，我找到乘务员，解释说："我都上车了，您就别让我下去了，我补票，双份的都行!"

刚办完补票手续，我就看到气喘吁吁的学松从另一节车厢里跑过来。他又气又担心，对我吼道："于月仙你太过分了! 扔下一句话就跑了，得亏哥们儿我耳朵好，听清楚了，不然你让我怎么办!"

回到赤峰，我把东西一一分给家里人。我奶奶嘴馋，我就给她带了天津的糕点。当天晚上，老太太忽然就睡醒了，让我妈给她沏茶。我妈把茶沏好后，端过来问："您这二半夜怎么想起要喝茶啦?"

老太太端过茶，小抿一口，从床头柜里拿出一个袋子——那是我给她买的怪味豆，说："我要吃月仙从外面买回来的点心。"边说，边吃得满身子都是糕点渣子，乐得合不拢嘴。

北漂中的姐姐

于英杰

有一段时间，我特别想念她。

尤其是，大姐刚去北京时的头两个月。每次回家的路上，经过她之前工作的学校时，我都会看两眼，跟以前一样站在门口，等她下班骑车带我回家。

等了一会儿之后，我才想起来，哦，我的姐姐已经不在赤峰了，她去北京上大学了。

可那时候，我们家的钱全用来给我治病了，没有多余的积蓄给家里装电话，就只能天天借用邻居的电话跟大姐联系。

不过邻居家人也不错，每次都很有耐心，就坐在那儿等我们打完。可有一次，大姐从北京打来电话，我妈来到邻居家，接起电话就说："仙儿，下次啊，没事你就别给家里打电话了。"

大姐一听，有点儿生气："我在北京，这么远，给你们打个电话也不容易，你们为什么不让我打？"

后来我妈才解释说，那天邻居家里正好也来了客人，在谈事情，不方便多打扰。

大姐得知此事，就在电话那头沉默了一会儿。过了会儿，她说："妈，再等我几个月，等我赚够钱了，就给咱家里安电话。"

半年后的某一天，我放学回来，发现电话局的工作人员正在我家忙前忙后地安装电话线。他们走后，二姐指指一个铁盒子，跟我说："以后咱们打电话，再也不用去麻烦邻居家了。"

我知道那钱是大姐寄来的。可在那个年代，装电话需要两千多块钱。我不知道她是怎么赚到那么多钱的，但我知道，她一个人在北京闯荡的日子，一定很辛苦，很艰难。

惊魂一夜

1.

在北京，我们辗转多年，从平房里搬到了筒子楼，又从筒子楼过渡到了楼房里。这一路上，虽然生活过得好了一些，但我和学松依然感觉我们是两棵飘零在外的小草，没有一个单位可以依靠。直到1998年，我和学松终于双双落户到了天津人民艺术剧院。

正好学松也是天津人，家里在那儿分了房，能够省下一笔不小的房租，我便跟着他去了天津。

屋子是个两居室，挺舒适的，但可惜已经先住了一户人。我们两家公用一个客厅。我和学松回家晚，每次回家时，另一户人刚巧在客厅吃饭，他们就拿着碗跟我们打招呼，说"回来了"，我们就说"回来了，回来了，打扰您了"，之后赶紧关上卧室的门，仿佛是去到了别人家一样。

直到现在，我仍然能记得那天走出天津火车站时，我在心里对自己说的话。我说，于月仙，你现在只是生活所迫，总有一大，你还要回到北京，你要在那里，堂堂正正地实现你的梦。

2.

虽然到了天津，但跟我合作的剧组依然多在北京，有些剧组也不想用外地的演员，怕麻烦，所以每当别人问我住在哪里，我就说住在北京。为了能找到更多演戏的机会，我就常常坐火车去北京，带着影集到处逛剧组给人家看，逢人便自我介绍说："你们好，我叫于月仙，是中央戏剧学院毕业的，这是我以前拍过的作品以及合作过的导演，麻烦您看看——对了，我就住在北京，剧组不用管我住宿，来回都很方便。"

影集里不光放着我的照片，也带着学松的资料，我想顺便也帮他找找，可每次学松看到我的影集后，就飞快地从里面抽出他的照片，说："我不用你这样帮我找，多丢人啊！"

虽然多数时候都是被人冷眼拒绝，但也有遇到心情好的人，他们接过资料翻一翻后，说："行啊，小姑娘，那你留个联系方式吧。"

那时我也没有电话，就留我的呼机号，每天在家时，就握着呼机，盼望着它能有个动静。每当看到有陌生号，不管几点我都赶紧回过去。

　　有天晚上十二点多，忽然有人呼我。我拿起呼机，跑到楼下的小旅馆，找值夜班的师傅去借电话，打了过去，问是什么剧组啊，找什么演员啊，让我演什么啊，这么急三火四的，是主演还是配角啊。

　　那边在电话里告诉我说，主演早都定好了，现在就缺个小龙套，之前的龙套放鸽子了，问我愿不愿意去。

　　我说临时演员啊，那我也去啊，去去去，肯定去。

　　第二天一早，我匆匆赶到北京，人家约我在一个茶楼里面谈。我刚上楼，还没开口呢，导演就指着我，跟旁边的人喜滋滋地喊道："就是她，我就要找这样的演员。"边说边站起来，带着身边的人一起热情地跟我握着手。

　　这一来一去，搞得我是又惊喜又害怕，但还不敢表现出来，只能按捺着心里的激动，强迫自己扮矜持。我们谈得很顺利，当场就和制片人签了合同。回到天津后，我告诉学松说我终于接到戏了，他也很为我高兴，当天还多喝了一瓶啤酒。

　　可天不遂人愿，就在快要进组前的一个晚上，我忽然又接到他们的传呼，跑到旅馆打电话回过去时，他们说："于月仙，你能火速到剧组吗？务必现在就来，记得带合同。"

　　我看看时间，天已经很黑了，这二半夜的，让我去北京干吗？

我心想这怎么办呢，学松又不在跟前，没人能商量，我就问他们说："明天去不行吗，毕竟这么晚了。"人家说不行，让我务必今天到组面谈，还问我说："你不是就住在北京吗，这跑一趟有啥麻烦的？不然——不然我们开车去你家找你？"

我一听，连忙说："不用不用，我就在北京，就家里住得比较远，麻烦您等等我。"

出旅馆门的时候，我一脚踏空，没留神，从台阶上滑了下去，摔得我头昏脑涨，坐在地上。我的心头就升起一种不祥的预感，我缓了半天，纳闷到底发生了什么。

爬起来后，我就直接去了天津火车站，但售票处告诉我现在这个点儿，已经没有快车了，最近的一班车也在两个小时以后。这时，售票大厅里有人喊说要去北京，问有没有拼车的。我一想，拼车也行啊，我就找到司机，问："大哥，啥时候能走？"

"那得等凑够人了，"司机打了个哈欠，说，"啥时候凑够三个人，啥时候走。"

"那一个人多少钱啊？"我问。

"八十。"

那个年代，八十块钱对我来说可不是个小数目。我来得匆忙，兜里没带多少钱，一听要这么多，有点儿心疼，可想了想，毕竟剧组的人还在那儿等着呢，我就直接掏出两百块钱，大手一挥，说："这车我包了，咱赶紧走吧。"

可没想到，这司机刚把钱塞进兜里，打着火没走多远，他就接了一个电话，然后就把车停在一个路口。我说："这黑漆漆的，你停这儿干什么？"

"等个人。"他说。

"怎么回事？"我有点儿生气，"不是给你钱把整辆车都包了吗？怎么还上人？"

司机点了根烟，说："没事，我几个朋友，晚上去北京打牌，不耽误你的事。"

过了一会儿，迎面上来俩壮小伙，跟司机打了个招呼，就打开车门，径直坐上了后座，上车前，还不断地透过车窗看我。

车子又开动了起来。司机为了省钱，没上高速，一路都走小道，路特别黑，没几个灯。我想到后座上的那两个男人，忽然就害怕起来，毕竟这二半夜的，我还是个姑娘家，别遇到人贩子了。我担心那俩男的从后面袭击我，就侧过来跟他们聊天，随便找点儿话题瞎说。我说："大哥你们是天津哪儿的人啊？哦，我也天津的。你们去北京干吗啊？这大半夜的，咱出门在外多不容易啊……"

我边搭话，边观察车内车外的环境，一路小心地警戒着。

有几次，我透过车的前大灯，看到旁边几个一闪而过的车牌号，发现同行的车都是京牌，才确定往前去的地方真的是北京，才渐渐地放下了心。

我从来没有一次坐车坐得如此心惊胆战。当车到达北京时，我感觉像飞机着陆了一样踏实。我找到个电话亭，给一个我信得过的老大姐打电话。那个姐姐听了，紧张道："你个大傻子，合同都签了你怕啥，值当你这二半夜的大老远从天津赶过来吗？多危险啊！万一出点儿事情可怎么办？"

"姐，没事！"我宽慰道，"你看我这不好好的嘛。"

她问清楚了我的位置，说："你就在那儿别动，等着！"

没多久，她就跟她老公两个人开着车来找我了。他们把我送到了剧组。我刚下车，上次签合同的那个制片人就迎了上来，说："哎哟，你可来了，可把我们等坏了。"

"这大晚上的，你们叫我过来有什么事呢？"我说，"怕是有什么调整吧？"

那人愣了下，解释道："是有一些变化，不过以后我们的合作机会多的是嘛。"又问，"于月仙，你合同带了吗？"

我说带了。

"拿过来我看下。"他说。

我从包里翻出来合同，刚拿出来，他就一把抢过，当着我的面给撕掉了。

我蒙了，看着一地的碎纸片没反应过来。撕完后，他拍拍手，说："你走吧，下次有戏了再叫你。"

跟我同行的老大姐气不过，冲上去就要打他，被我拦住了。"算了吧，姐。"我说，"我遇见这样的事也不是一次两次了，没必要生气。"

刚从那个剧组出来，我正在犹豫是找个地方睡一晚上明天早上再回天津呢，还是现在就直接走。正犹豫时，又接到一个传呼，我用大姐的电话回过去，对面问："请问你是于月仙吗？"

我说我是，然后那边就说："我这边是××剧组，现在在找演员，你现在有戏吗？没有戏的话，来我们这儿看看吧。"

"行啊。"我说，"什么时候？"

"现在。"那边说，"你要来的话马上就来，我们在六里桥附近的一个招待所，导演现在就要见你。"

我有点儿生气，寻思说这也太奇怪了，这帮拍电影电视的晚上都不睡觉的吗？还大晚上的让我去招待所？又想到刚刚才受到过的欺辱，我抱怨道："哪有后半夜见组的？谁爱去谁去。我不去！"

可我那个大姐却站在车前怂恿我去，她说："没事，月仙，你放心去，反正咱都已经这样了。"她拍拍她身后的车，她老公正趴在方向盘上睡觉，大姐说，"有我跟你姐夫在，别怕。"

她这话让我有了点儿信心，我们就又驱车到了六里桥。一进屋，制片人就拉着我说："我们现在特别着急找女一号，想起有人推荐你。"他拿出一张我影集里的照片，"导演看了资料，觉得你还行。"他从资料包里找到一张影碟，塞到影碟机里，说："我给你看看你们中戏的演员试戏的镜头。"

我一看，电视里的人竟然全都认识，不是师姐就是师哥。

看完后，他说："你也得试一段，就现在。"

我当时又累又困，心力交瘁。我说："对不起，今天太晚了，我连本子都没看过，就这么试戏，太唐突了，我不想这么对付！"想了想，我又说，"但是我告诉您，刚才您也给我讲剧情了，也说过人物的要求是什么，凭我的经验，我觉得我于月仙肯定能行。您要觉得能用我，您就用。"我转过身，就摆出一副要走的姿态，"您要是觉得我不行，就算了。"

老大姐看我这么冲动，就劝我说："月仙，你怎么这么倔呢？咱都到这儿了。"

"姐，我这不是倔强。"我解释说，"我连剧本的上下文都没看过，这一本台词拿过来就让我念，我肯定是演不好的，这也是对我职业的不尊重。"

说完，我就真的打算走。可刚走两步，那人却又把我叫住了，"就你了！"他喊着说，"你这性格还挺倔强，跟剧里的人物非常像，我决定了，这个角色就给你了！"

我又蒙了，忙说："哥，你确定吗？"

"当然确定！"他斩钉截铁地说。

然后，拿出纸笔就要跟我签合同。

"哎哟我去，月仙，你这一晚上，太刺激了！"大姐看着这一幕，惊呼说，"你丢了一个配角，却换来了个女一号，塞翁失马啊！"

第二天， 我进到剧组，才发现那是郭少雄导演的戏。我之前就久闻他的大名，一直盼着能跟他有次合作。那次的经历让我觉得又惊又喜，觉得人生真是太精彩了。你以为你失去的东西，拐个弯，又在另一个地方以更好的形态出现了，真的很奇妙。

拍戏时的姐姐

于英杰

1.

我大姐到了天津之后，就经常给我打电话，撺掇我也来天津看一看，而我蜗居在赤峰，除了治病以外就没怎么出过门，在家待久了，我想着去看看也好。

"你别去了，我爸说，去了再给你大姐添麻烦。"

"怎么会呢？"大姐说，"英杰你要是来了，我可以带你去天津最好的医院看病啊！"

想到治病，家人们终于给我放了行。于是，我简单收拾了点儿东西，一个人坐上了去天津的火车。

我到姐夫家里时，姐夫一家人非常热情，围着我问想吃什么、喝什么。那时我刚下火车，饥肠辘辘，但刚到人家家里，又不好意思太麻烦，我想着面条比较省事，做起来快，又不麻烦，就说："简单来一碗炸酱面吧。"

可后来我才知道，天津人吃面是很有讲究的——炸酱面要和着虾仁和鸡蛋，配上八小菜，极其讲究。姐夫一家人竟为了这碗面整整忙了一下午。

等面上桌了，我姐夫拍拍我的肩膀，说："还是我小舅子会吃，一来就点招牌菜。"搞得我特别尴尬。

2.

我刚到天津时，大姐也刚好从外地拍戏回来。吃饭的时候，她一个劲儿地往肚子里灌水。"咋了姐？"我说，"你怎么这么渴呢？"

我姐夫就解释说，我姐之前在西北地区拍戏，缺水。

"你们剧组去拍戏不是都自己运水过去吗？"

"是带了水。"大姐说，"可是不够。"

原来，他们剧组拍戏时，是带了很多饮用水过去，可是每天早上醒来，都会发现水又比昨天少了很多。于是，剧组的工作人员就留了个心眼。半夜的时候，他们发现旁边几个村的村民偷偷地拿着瓢子和水壶，一瓢一瓢地偷他们的水。

得知此地干旱缺水，老百姓也不容易，剧组的工作人员于心不忍，就只能睁一只眼闭一只眼，装作没看到。所有的人只好省吃俭用，减少用水量，每天口干舌燥的，嘴唇都干裂了几次。

我这才知道，原来她拍戏那么苦。

3.

"其实剧组也有开心的事情。"她怕我担心，就又找了个话题，"英杰，你知道馒头夹辣椒酱啥滋味吗？

"辣呗！"我说。

"哈哈，是。"她笑笑，"你还记得我当时考中戏时表演的什么节目吗？"

"那咋能忘？"我说，"一头聪明绝顶的猪啊！"

大姐说，后来他们又到了一个村子里，有天拍戏转场时，大家无聊，一个好事的工作人员就找了个馒头，给里面塞了辣椒酱，到处给动物吃。

"我就记得啊，他们找了好多动物，都让让它们吃了。"大姐说，"羊吃完后咩咩叫个不停，又叫又晃脑袋；鸡啄了两口，辣得它一直扑腾翅膀；但是猪聪明，猪闻了闻，就用鼻子拱了拱那个馒头，跑了。"

"那牛呢？"我忽然就勾起了好奇心。

"牛老实啊！"大姐说，"那牛吃完后，就往下掉眼泪。我是真看到牛会流眼泪啊，那眼泪珠子，啪啪就往地上掉。"大姐说着，自己也笑出了眼泪。

我知道，她虽然跟我说得这么轻松，但其实是不希望我和家人为她操心。

第四章

路远且长

痛并快乐着

1.

英杰身体的康健是我人生最大的愿望。而现在，只要一想到那纠缠了他十年的顽疾终于被治好时，我心头所有的阴霾就都能一扫而光，哪怕因此而欠下了一屁股的债。

可欠债的生活依然令人备受煎熬。我向来不喜欢欠别人任何东西，何况是钱。虽然别人不好意思催我，但我自己从没掉以轻心。每天醒来，只要一想到还有那么多债没有还，我就心急如焚。

离开南京后，我马不停蹄地投入到工作中，希望能以最快的速度还清欠款。

机缘巧合之下，我接了一部戏，演一个配角。拍了大半年后，忽然有一天，导演通知我说，几个月前的几场戏需要我重新拍一下。

重新拍？我纳闷，这都快拍完了，怎么又纠结到几个月前的戏啦？我拿到新的剧本，看完才发现，修改过后的剧情里，我的戏份被删减到了原来的三分之一。

再三追问之下，我才得知，原来这是同组的一个女演员的要求。她比我名气大，我们搭戏的时候，她就经常现场改剧本，她会跟导演说："于月仙不行，把她的戏删了，把那句多出来的词儿让我来说。"有时候，她甚至还越过导演，直接"教育"我应该怎么演戏："于月仙，你不许这么演，你这样动作太大了，镜头就都在你身上了。"

我终于明白了她的意图。我收起剧本，跟导演说："行吧，您说删减就删减，您说补拍就补拍，你们只给我留一句词儿也行，完全不留也行，戏怎么改都成，只要你们自己觉得故事能接上。我唯一的要求，就是要你们按照合同流程正规结账。"

我又说："你哪怕留一句话，我也认真演，留一个镜头，我都认真对待。我拍戏对得起我的良心，对得起我的职业。至于谁火谁不火的，爱谁谁，我真的不在乎。"

后来，那部戏播映了，朋友找来给我看，我们抱着"大家来找茬儿"的心态边看边乐。一有我的镜头，我朋友就指给我看，说："月仙你看，这个镜头还有你，这个场景你还在。"

我就笑着答道："看来这个地方他删不掉了，哈哈哈。"

2.

我是1992年入学中戏的，到了2002年，我在外面欠的钱也还得差不多了。那时，同学们打算举办一个十周年聚会，大家都在商量说要办一个隆重的庆典，我就问学松说："咱们能不能做点儿什么事情，让同学们记住这个日子啊？"

学松鬼点子多，就说："那咱们结婚吧！"

"结婚？"我这才想起那个为了帮弟弟治病而延误的婚礼。

"咱们一结婚，那他们肯定能记住！"学松说，"正好我小舅子英杰也康复了，咱们现在不结，还等啥时候呢？"

我说好呀好呀，于是，就真的开始张罗起了结婚的事。可临到了要拍婚纱照的日子，学松却因为拍戏而摔断了腿。我一看这腿打着石膏呢，就问摄影师说这能拍吗。"咋不能？"学松抢先说道。他找了根细的腰带，把裤子别在腰上，用打着石膏的腿顶着裤子，笑着说："媳妇你瞅瞅，这样是不是就看不出来了？跟正常人啊，一样！"

摄影师一看，笑了，说："我拍这么多年，还从来没有看到你们这样穿着靴子打着石膏拍婚纱照的。"

"那可不！"学松牛气了起来，"你没见过的事儿还多着呢！"

结果他一语成谶，结婚时，又发生了一件大事。

3.

结婚那天，我精心打扮，为了好看，还特意做了假指甲，上面雕着一层厚厚的图案。出门时，我小外甥刘贺压车。那时候他还小，三四岁的样子，非常调皮。婚车开得很快，拐弯时，我忽然看到他站在车门口头顶着门框，小手一扣，竟然把车门给打开了。

我心里一惊，知道不妙，担心他从车里甩出去，就从后座站了起来，冲上去，一把就将他拉了回来。

拽回来的那一瞬间，我手上的指甲就磕掉了。那层雕花太厚了，假指甲连带着真指甲一起从手指头上掀开，疼得我当时眼泪就下来了。可毕竟今天是我结婚的大日子，为了不让亲朋好友们担心，我就捏着手，装作不疼的样子，说："没事没事。"

我告诉学松说："别声张，给我弄个创可贴来就行。"

他赶紧找朋友弄来个创可贴。我贴好后，一路就按着那个指头，一声不吭。

到酒店后，我淡定地坐在椅子上，一动不动，显得特别优雅。

几个从北京来的老同学看见我这样子，笑着调侃我说："哎，我说于月仙啊，你跟学松俩人都恋爱十年了，怎么现在还羞涩着呢？坐得这么端庄！"

我说："是啊，我脸皮薄，羞涩！"

其实是疼，疼得我受不了，疼到身子起不来，疼到我这个新娘子连一个多余的表情都做不出来了。

我们天津人艺的单位领导也喝嗨了，一高兴，就非要到舞台上给我们表演节目。他是说快板的，没拿板子，就用嘴打拍子："瓜得呱，瓜得呱，这对新人笑的欢……"他边笑着闹着，边即兴作打油诗，中间想不起词时，就一直"瓜得呱，瓜得呱，瓜得瓜得瓜得呱……"的拖节奏。

他越想越久，越想越漫长。我听着舞台上他的"瓜得呱，瓜得呱，瓜得瓜得瓜得呱"，心里想说领导啊，您到底啥时候"瓜得"完啊，我这手都快疼死了！

一直到晚上时，我的手已经肿得老高了，还开始流脓水。我一看这不行啊，就找来一个指甲剪，把那些没断掉的指甲全剪干净。学松在一旁看我剪指甲时，吓得捂住了眼，说："哎呀，十指连心，你是怎么下的去手的？我看着都钻心地疼！"

同学们本来还计划着闹洞房，结果一看我这样子，就只好作罢，接二连三地劝我说："于月仙，你得去医院！"

"去医院？不可能！"我拒绝道，"姐们儿我现在结婚呢，上医院干吗？搞不好一会儿再吓到我公公婆婆。"为了宽大家的心，我跟一旁的学松开玩笑说："老公你看，来之前，你说我们用这场婚礼给中央戏剧学院表九二做一个纪念。你瞅瞅现在，咱俩人你瘸着腿，我伤着手，这多有纪念意义啊！我估计往后，他们想忘都忘不掉了。"

"那是！"我同学说，"你俩这事我能记一辈子，太刺激了！"

4.

婚后，我们在天津过着平凡又忙碌的生活，直到终于还清了因为给英杰治病而欠下的债务后，考虑到我们在北京上的学，有共同的朋友、校友、同事，工作的重心也都在北京，我也实在过够了每天从天津到北京的长途跋涉……总之，我和学松决定搬回北京。

当时英杰也彻底康复了，在北京的一所语言学校里学阿拉伯语。想到留在北京也可以多照顾照顾他，又赶巧朋友介绍说五环边上有个小房子，虽然地理位置比较偏，但很便宜，首付只需要6万，我俩一听，丝毫没犹豫地就买了。

但人生总有出人意料的事件出现。房子刚到手，就赶上了2003年的北京非典。那房子当时正在装修，我回家一看，工人全都跑了，从家里出来，发现就连街上都没人了，我才发觉到事情严重了，就赶紧跟英杰打电话。还没等我开口，英杰却先说话了，他说："姐，我刚走在街上呢，就看到几个穿着防化服的人，忽然就把一个人拽到车里，说是要做隔离检查，就跟抓逃犯一样，看着特别吓人。"

我说："是啊英杰，你听我说，北京非典的状况确实越来越严重了，你身体不好，抵抗力差，我给你买票，你先回赤峰待一阵子。"

英杰走后，我就和学松暂住在学松的同学家。他的同学迷信养生，每天都逼着我们喝中药，说能消毒，能防非典。

我纳闷地说："你哪来的药，这么神奇？"

"找大师求来的，老灵了。"他同学说。

我一看锅里的东西，虽说是中药，其实就是一锅乱炖，味道也乱七八糟、苦不堪言。我心里打鼓说，靠谱吗？学松捅了我一下，低声说："媳妇，还犹豫啥啊？咱现在寄人篱下，人说让喝就喝吧，喝不死。"

说罢，他就端起那碗药，一饮而尽。

他哥们儿也把药一口干了，他喝完后，他媳妇也喝了，然后三个人就用大眼睛瞅着我，鼓动我说："月仙快喝。"

我一看大家都喝了，确定这玩意儿喝不死人，就捏着鼻子也喝了下去。

就这样，我们每天喝三次中药，跟吃饭一样。

每天，学松哥们儿的媳妇从满是药味的厨房里端出来一盆中药，朝我大喊一声说："老嫂，来了，喝药吧！"

然后四个人龇牙咧嘴地端起碗，互相碰一下，桃园结义似的一饮而尽。

5.

喝完药后，我们就开始用八四消毒液往屋子里喷。他同学还是个配音演员，虽说正是非典最严重的时期，但那哥们儿要钱不要命，每天还得去单位配音赚钱。

每天他回到家后，他老婆用八四消毒液兑上水稀释一点儿，灌到喷壶里，往他身上喷。他出门前原地转一圈喷喷喷，回来后转一圈喷喷喷。学松看见了，就问："哥们儿，这可是八四消毒液啊，这玩意儿多呛嗓子啊，你喷完还能说出话吗？"

"没事！"他哥们儿拍拍胸膛，"这算啥？哥们儿可是中戏金话筒!"

消毒液用得多了，我的手上渐渐起了很多的小泡。我看着手越来越严重了，就打算去药店买药。那时候，街上的药店都关着门，窗户上只留一个小口。我就趴到门口，大喊："师傅，我来买点儿药!"

过了一会儿，窗口上迎来一个人，戴着口罩，捂着鼻子，远远地问："你买什么药啊?"

"手起泡了。"我说，然后就把手从小窗口里伸进去。

他一看我的手，忙把脖子往后一仰，问："这么多泡，怎么弄的?"

"消毒液喷多了，烧的。"我解释说。

"哦，知道了。"他从药柜里拿出一盒药，嗖的一下就朝我扔了出来。

我从地上捡起那盒药，问："师傅，那钱我怎么给您哪?"

"你找个小石头，把钱包起来，扔进来给我。"

"对了!"他又说："你扔的时候别太用力啊，别砸到我了!"

6.

在北京，我还会隔三岔五地给家里打电话，问他们家里现在环境怎么样，病毒扩散得严重吗，有没有疑似的案例，叮嘱他们吃的东西注意安全卫生，尽量就别串门了，少出门，还告诉他们要多囤点日用货。

又过了一阵子，竟然连我们家里的粮食也用完了。我和朋友们就打算去超市买东西，可那时候，大部分的超市都关门了，好不容易找到一个还营业的，我们就一拥而上地冲进去。朋友看着货架，说："人啊，要存活，就得买矿泉水，哪怕没饭吃了，至少我们还有水喝。"

"万一水里也有那病毒呢？"我哪壶不开提哪壶。

"那就多买点儿饼！"学松说，"饼比馒头放的时间长。"说完，想了下，他又说，"对了，我们再多买点儿盐，咱们人的身体得需要盐分。"

我们一听，有道理啊！就连忙朝着卖盐的货架跑去，结果去了一看，盐早卖光了，如同被抢劫过一样，货架上一片狼藉，只有一丝白白的盐末。

朋友用手一擦那些盐末，忽然就往嘴里塞，边舔，边哭了起来，好像世界末日真的快来了。

7.

非典之后，北京的生活终于恢复正常了，工人也陆续开工了。我又忙工作，又忙装修。每天，我拍戏时都背着两个包，一个是装修公司的单据，一个是剧本和拍戏的衣服道具。哪怕有些剧只有一两天的戏，我都要做足准备，因为无论演什么，我每个角色都全身心投入，从不在角色上出岔子。

这是我喜欢的职业，也是我认定了、选好的，所以我不能让自己在这上面偷懒。

等到装修全部完工后，我终于搬进了新房里。我在北京终于有了自己的一个落脚点，这是一栋完全属于我的房子。我很深情地看着我的小屋，感觉这里一砖一瓦都是我的。

从1992年到2003年，十年了，我在北京终于有一个属于我自己的落脚点了。

从此以后，凡是外地的朋友来北京，我都特别热情地说："我有地方住，上我家去。"然后就带着朋友浩浩荡荡地从火车站回我的家。

"怎么还没到啊？"朋友说。

"别急，马上就到我家了。"我说。

现在想想，其实那路途挺远的。可就算再远，我也觉得那是我的家，它属于我。

陆续地，我也把家人接到北京。我妈带着英杰来我家里玩儿，可那时候的英杰不知道怎么了，就跟倒时差一样，一到我家就蒙头大睡。我说："弟弟啊，这是姐的新家，不是旅馆，你不用睡够房费。"

这时，他就从被子里伸出头来，说："姐，你这房子太好了，太舒服了。"

"那可不。"我说，"等姐姐混好了，以后也给你买栋新房子！"

那房子是我人生第一次为自己花的最值当的一笔钱，因为能在北京有一间属于自己的房子，一直是我最大的梦想和最向往的事情。我可以在那里面舒服地休息，养精蓄锐后再去更好地闯荡，追求梦想。

我坐在我的家里，看着我的家人们，想到过去所经历的一切磨难和历练，忽然，心里出现了一个声音，告诉我说：于月仙，你这前三十年，没白活。

属于姐姐的幸福

于英杰

1.

大姐经常对别人说：英杰的健康是她人生最大的愿望。

而我的愿望，是希望她能够幸福。

2000年7月中旬，我从鼓楼医院出院，上半身和左腿上打满石膏，又在南京亲戚家休养了半月。之后，我就坐着轮椅，与父母、三姐夫离开南京回赤峰休养。而同时，大姐立马到黄山去拍电视剧《策马啸西风》，她说要尽快赚钱，还给那些好心的朋友。

之后，三姐和三姐夫在赤峰开了一个拉面馆，正好缺人手，我就过去给他们帮忙，负责进货和配方的管理。

2001年春节后，爸妈又催着大姐和姐夫办婚礼。大姐找我姐夫商量，但被我姐夫拒绝了。"反正已经推迟了，还是再等等吧。"我姐夫说，"等我小舅子彻底恢复后再办，咋也得和我小舅子喝两杯，再灌灌这个臭小子！"

2001年6月，手术满一年后，大姐和父母陪我到南京鼓楼医院复查。医护人员为我拆除了我身上固定了八个月的石膏后，我终于能重新站起来了。邱主任带着我做了各项检查。检查完后，他用温暖的眼神对我说："小伙子，你恢复得很好，祝贺你！没事多游游泳，你会恢复得更好！"他又看向大姐，说："带他去看看更精彩的世界吧！让他活出一个无悔的人生。"

大姐拥抱着我，要跟我比身高。"太好了！"她反复地自言自语着，"手术前你才到我的下巴，现在都到我的脑门儿了！"

说着，她又流出了眼泪。我替她擦了擦，说："姐，这是好事，你哭啥啊？"

"你不懂，"她说，"这是幸福的泪水！"

擦了擦眼泪，她又说："英杰，你现在变帅了，有什么愿望没？要不姐姐给你找个女朋友吧？"

"我不要女朋友！"我使劲地摇摇头，"姐，我现在最大愿望就是洗个澡。"我抬起我的胳膊闻了闻，"这都快一年没洗澡了！感觉身上都臭了！"

2.

2002年，恰逢我大姐和我姐夫到中戏上学十周年。大姐和姐夫的同班同学们说要折腾一次难忘的聚会，想一个好点儿的聚会主题，而我姐夫是班长，自然该由他牵头来弄这个聚会。

没想到，我姐夫跟同学们说："既然你们希望印象深刻，那我就和于月仙同学办个婚礼吧！"同学们一听，当时就乐了，都认为这个馊主意相当不错："这可是个好主题！于月仙同学也老大不小了，你再不娶她就该没人要了！"

9月，大姐和姐夫终于在天津的一个小饭馆里举行了简单的婚礼。我和父母及家人们浩浩荡荡地从赤峰来到天津，大姐和姐夫在中戏的同学们和影视圈的好友们从四面八方赶来，可没想到的是，姐夫在婚礼的前几天因为工作原因而腿骨折了。

他腿上打着石膏，远看像脚上穿着一只白靴子，走路一瘸一拐的。

我知道他很难受，但面对客人，他脸上绽放着要娶媳妇的笑容，好像没受过伤一样。

为了参加姐姐的婚礼，我专门穿上了新买的红上衣，希望为当天多添一份喜气。

见到姐夫后，我双手抱拳："恭喜！恭喜！姐夫你娶媳妇了，当新郎官了！"然后，我又跟姐夫开起了玩笑，"你知道今天谁最大不？"

姐夫想了想，说不知道。

"笨死了！"我说，"当然是新郎官最大啊！"

"臭小子！"姐夫故作生气地说，"我的腿要是没受伤，就一脚把你踢回赤峰！"

"好啊，好啊！"我调侃地说，"这可是好事。我还省了车票钱！"

3.

婚礼过后，我才知道大姐的指甲断了，她怕家人担心，不让说这些。

"疼吗？"我问，"肯定很疼。"

"疼啥啊，不疼。"她却一脸无所谓的表情，晃了晃那根流着血的手指头，"跟你之前受的苦比起来，这点儿小伤算啥呀！"

她就是这样，一直默默地把所有的苦恼一肩挑下，不希望家人为她操心。只要家人们都能平平安安，那就是姐姐最大的心愿。

婚后，大姐和姐夫商量着搬到北京定居。4月初，她到北京去看房子，就把我也叫上了。看房的过程很顺利，当年10月，他们就从天津搬到了北京的新家，正式定居北京了。

之后，我就经常听到妈妈给大姐打电话，说："你们婚也结了，房子也定了，还不赶紧生孩子？"甚至连我也受我妈蛊惑，时不时地就旁敲侧击，问她有啥打算啊，啥时候给生小外甥啊。

"不急。"她总是认真地说，"姐在北京买房刚花了一大笔钱，现在手头紧，工作又忙，等几年再生也不迟！"

4.

2004年下半年，姐夫赵本山开始拍《马大帅2》。

有一天，他主动打电话给大姐："小仙，你这几年忙什么呢？到底会不会演戏呀？在影视圈混了这么多年了怎么也没个动静？"

大姐说："我一直都在忙着创作，没闲着。"

赵本山姐夫说："那咋没看到你演的作品哪？难道你拍的都是珍藏版？"

大姐笑着回答："我拍的个个都是精品。"

"那你到我的《马大帅2》剧组来，让我看看你到底是个什么表演水平。"

于是，赵本山姐夫给了大姐一个"哑女"的角色，一共才十一场戏。大姐做足了功课演给他看，得到全剧组的认可，赵本山姐夫也给予了大姐充分的肯定。

5.

2005年春节期间，我听大姐对我妈说准备要小孩儿了。她说，她上半年要演一个话剧，演完后就不准备再接戏了，生完小孩儿再说。

我们全家人都为这个消息而欢呼雀跃。

2005年上半年，大姐在北京参演了爱尔兰话剧《圣井》，在其中主演盲人"玛丽"。这个人物是一个每天风餐露宿、沿街乞讨、长相丑陋不堪、一副破锣嗓子的盲人。

她花了很大功夫扮演这个人物，从人物造型和声音的处理上完全突破了自我。话剧在北京公演多场，好评如潮。

有一天赵本山姐夫到北京出差，要抽空到演出现场去观看，大姐就让学松姐夫陪同。

赵本山姐夫进场时观众都炸了，有好多观众围着他拍照签名的，还有喊他名字的。几个主演在后台嘀咕："赵老师人气这么高，会不会影响今天的演出效果？你们说，到时候观众是看他还是看我们？"

好在大姐他们的话剧演得非常好，开场不到十分钟，观众的注意力就全部被剧情吸引住了。演出到一半的时候，赵本山姐夫竟然问学松姐夫："你们家仙儿怎么还不出场？"

"啊？"学松姐夫说，"从开场到现在的女主演就是小仙哪！"

赵本山姐夫满脸惊讶地说："不可能！我是看着她长大的，怎么会认不出来？"

学松姐夫解释说："她根据人物的需要，在形象和声音上做了大胆的尝试，化着奇丑的妆容，用着嘶哑的声音，您确实没看出来！"

这时，赵本山姐夫终于不再说话了，聚精会神地看完了整场演出。

6.

演员谢幕时，没想到赵本山姐夫主动走上了舞台。大姐和所有演员高兴地对他鼓掌，观众们也全体起立掌声不断。赵本山姐夫拿起话筒对观众说："我要给大家介绍一位演员，她叫于月仙，是我的小姨子！没想到她的表演这么精彩，表演能力非常棒！我以前以为她在表演上不开窍，从今天开始我对她刮目相看了，好演员！"

他对观众说完以后，又转过身来对我大姐和全体演员说："这个话剧太棒了！今晚我请你们所有的演职人员吃饭！"

那天晚上赵本山姐夫请了五桌。吃饭的时候大家谈笑风生，而这时，他才发现，剧组的大部分演职人员竟然都不知道大姐是赵本山的小姨子。

"小仙，你竟然没和别人说过我是你姐夫？"赵本山姐夫感到很惊讶，"你为什么不告诉他们呢？"

"姐夫，我不能随便拿你显摆！"她说，"我妈说过，指亲不富，看嘴不饱！我也想自己打出一片天地！"

那晚，赵本山姐夫高兴地频频举杯，放下杯子，他说："我以前演过盲人，演盲人一般人干不过我！但是，我没想到你把盲人也演得这么好，还是个外国盲人！"

"我今天陪姐夫看戏紧张得出了一身汗。姐夫是演盲人的高手，不知道月仙演的盲人能否过姐夫这一关。"学松姐夫说，"现在我算松了口气，仙儿属于演戏不要命那一伙的，有股子拼劲！"

大概是本山姐夫看完话剧《圣井》后的三四天，大姐就接到了他的电话。他说："我马上要开拍一部戏，叫《乡村爱情》，里面有个人物叫谢大脚，你能演吗？"

大姐玩笑地说："姐夫，你敢用，我就敢演！"

"行，那你就抓紧时间到我们剧组来报到吧！"

这时，大姐忽然又犹豫了起来，"我需要三天时间考虑考虑，跟学松商量下。"

"那还考虑啥？"赵本山姐夫有点儿不高兴地说，"学松能不支持？"

那天晚上，大姐和姐夫商量了一晚上，是生小孩儿还是演《乡村爱情》。大姐的意见还是给本山姐夫解释解释，按计划生小孩儿，可学松姐夫跟大姐说："外面的戏你都接了，自己家人找你拍戏，你还能推托不成？"

考虑再三，大姐还是接受了学松姐夫的意见。三天后，她到本山姐夫的老家，辽宁铁岭开原的《乡村爱情》剧组报到了。

做个真正的"户口本"

1.

2005年，我收到本山传媒的邀约，参演《乡村爱情》。这部电视剧在第二年的国庆档播出后，忽然就感觉很多人认识我了，走在大街上，也会有人跟我打招呼，说"你是个演员，我见过你演的谢大脚"。

可是大多数人，都只知道我戏里的名字，知道我叫谢大脚，却不知道我叫于月仙。慢慢地，"谢大脚"这个名字为更多人所熟知，甚至就连我的两个妹妹，在别人口中都变成了"谢二脚"和"谢三脚"。

演完谢大脚后，竟然开始有人找我拍广告了。靠这个广告赚了点钱后，我想，我得存着这些钱，将来用这笔钱给弟弟买个房子，留着给他娶媳妇用。

可那时候，我父亲住的房子已经很旧了。我们几个姐妹就商量说一起注资给父亲先买个新房，改善下他的居住环境。我说："爸，我们现在有钱了，给你买房子吧！”

“我不要。”没想到，老头子一口就拒绝了，他说，“我有地儿住。”

“不行，您那房子太老了。”我拽着我三妹，说，“走，老三，咱们一起，带着咱爸看房子去！”

中介领着我们去看了第一套房。老头子刚走进去没两步，转了一圈，忽然拍着手说：“就是它了！”

中介一惊，说：“您……要不再看看？毕竟这买一栋房可不是小事。”

“不看了不看了。”老头子摇着手说，“就这房子了，我看着就挺顺心。就它了！”

“可是，这房子人家定出去了……”中介有点难做，说，“我就是想让您看看。”

“谁定的？”老爷子问。

中介指指天花板，说：“二楼定的。”

老爷子一听，生气了，吼道：“你说你，你都卖出去了，你还让我看啥啊！”然后又跟我们嘟囔，“你们也是！说给我买房，让我看，看完又告诉我说买不成，这算什么事！”说着就要走，回到家里，躺在沙发上，就开始噘嘴。无论我们怎么说，老头子就是不去看别的房了，大有非那房子不可的架势。

没办法，我们只好说去市场上打听打听，看那房子是谁买的。几番问询，得知竟是我的一个朋友买了。我便找到他谈判，说："我们家老爷子啊，看上了你一楼的房子，非买不可。你看看，咱能不能通融一下，让给他？"

朋友本不答应，但后来一看我爸这么喜欢，就大手一挥，说："行，让给你们了，谁叫咱老爷子喜欢呢！让他住吧！但是，记住啊，你们谢大脚家，欠我一人情！"

于是，每年楼上的那哥们儿大年初一出门拜年，走的第一站肯定是我们家。每次他一进门，就拍拍门框，说："老爷子，过年好啊！这房子您住得还开心吗？"

"开心啊！"我爸说，"这日子过得越来越好，老开心了！"

2.

我爸住进新房之后，我们商量着再给我爸换个冰箱。第二天，家电公司的人来到小区里，绕了一圈，愣是没找到我爸家。那时我爸正在院子里遛弯儿呢，人家就拿着地址问他说："大爷，打扰您一下，请问这一单元老谢家怎么走啊？"

我爸接过地址一看，说："这不就是我们家吗?"又一确认，"是啊，这地址门牌号都对啊! 你找的就是我们家。"

家电公司的人担心我爸昧他的冰箱，再三确认起来："那大爷，您是姓谢吗?"

"姓什么谢? 我姓于! 我们家的人都姓于! 都姓大半辈子了!"

"那就不对了。"家电公司的人说，"我找谢大脚家!"

这时，旁边一个老头儿站了出来，对家电公司的人说："放心吧! 这老头儿就是谢大脚她爹，我们都管他叫老谢头儿，错不了!"

"什么老谢头儿! 我姓于!"我爸气呼呼地嘟囔着，"这丫头，演个谢大脚，怎么把我姓都给改了?"

3.

我一直认为，虽然亲情是联结着我们的一条纽带，但不同年龄段的人在一起生活，还是避免不了有代沟。年轻人有年轻人的生活方式，老人有老人的生活方式，这种矛盾是不可调和的。往后，愿意往一块凑就凑，不愿意凑，也各自有各自的生活，这对双方都是个保障。

于是，给父亲买完房子后，正巧又赶上英杰恋爱。我一看，就觉得也需要给弟弟张罗一下了，便擅自决定要给英杰买房，想着等他有了自己的房，将来也好娶媳妇，有个属于他自己的家。

我和学松就分头行动，我张罗着给弟弟买房，他张罗着给弟弟办婚礼、找场地、找司仪、找团队。当时，内蒙古有个民族特色的演出队，正巧在赤峰有活动。学松一看，就跟我说："媳妇，这个演出队的节目不错，很有特色。你想啊，等我小舅子结婚那天，肯定会有很多外地来的朋友，咱们让人家感受感受草原文化，马头琴、蒙古长调，载歌载舞的，得多热闹！"

可演出团的人一听学松的来意，当时就拒绝了，解释说他们不是当地的演出团，只是路过这里演出而已。

"外地的？"学松一听，不高兴了，说，"外地咋了，你们留下来，哥们儿我管吃管住，给车费，演出费给双倍，来我们家加场！"又说，"这可是我小舅子结婚！是他们老于家的'户口本'！我得给他办得漂漂亮亮的！"

4.

2010年，英杰二十八岁。康复十年之后的他，终于像一个正常人一样的结婚了。那是一场轰动了全赤峰市的盛大又光荣的婚礼。

可他婚礼那天，我反而成了最忙的人。我和学松忙前忙后地跑。有人说，你这弟弟结婚，你作为姐姐，咋不哭呢？

"哪有空哭啊？"我说，"这简直比我自己结婚还忙。"

婚礼现场，我还借用工作之便，录了很多VCR，有赵本山、小沈阳、宋小宝、刘能、赵四，以及《乡村爱情》剧组其他的亲戚朋友，还有郭德纲老师、于谦老师……他们录了很棒的祝福VCR，在婚礼中心的大屏幕上循环播放，"谢广坤""长贵"和"刘大脑袋"也亲临现场助阵，还有我很多中央台的朋友，大家欢声笑语，其乐融融。

说是婚礼，更像是一场隆重的晚会。

我老家有个爷爷，已经九十多岁了，坐在舞台下看着精彩纷呈的节目，一个劲儿地鼓掌。我担心他身体不好，就说："爷爷，您进里面坐吧？"

爷爷说："不，我就在外面坐着。多热闹！我这一辈子都没见过这阵势，太体面了，光宗耀祖！"

婚礼中，我们最担心的就是"新郎致辞"这一环节。英杰人生的前十八年，都是在被人嘲笑的自卑中度过，后面那十年，又被我们保护得太紧，我们担心他会怯场，会吓得语无伦次，乃至当众出糗，就提前找了一些演艺圈的朋友，打算随时准备上去帮英杰暖场。

结果，他上台后，很淡定地妙语连珠，逗得台下的众人哈哈大笑，惊得我身边的朋友都说："妹子，你弟弟太牛了！就这你还要我们来暖场？用不着，你弟弟的表现啊，完全没问题。"

5.

弟弟结婚后，我又回到了北京。有一天，我正在家里拖地，我妈忽然给我打电话聊天，一张嘴，就是大串的问题，说："你最近怎样啊？忙着什么？拍什么戏呢？"

"没呢，我这两天收拾屋子，正拖地呢。"我答道。

"那你啥时候回来啊？"她问。

"我有空就回去。"挂了电话，我握着拖把，想说那我啥时候有空儿呢？我琢磨了下，唉，不对！我现在不就有空吗？这不就大把的时间吗？然后我赶紧买票，坐了十二个小时的火车，一路从北京回到了家。

一敲门，我妈说谁啊，刚把门打开，老太太就吓了一跳，惊呼："你怎么回来啦？"

"你昨天不是电话说想我了吗？"我说，"那我就回来看看！"

"你不是没时间吗？"她问。

"现在有了!"我说。

"那你怎么不跟我说一声啊!"老太太又埋怨,"怎么搞得跟突然袭击一样!"

"我要是告诉你了,你肯定又是一晚上不睡觉地等着我了。"

问候完我妈后,我又打开英杰的房门。他虽然结婚了,但还是和老婆一起搬回到了我妈的家里。

我跟他打招呼,他没有理我。我走过去,发现他在专心地玩电脑游戏。之后在家里待了几天,我发现英杰每天都是这样,在电脑前一坐就是一天。

我就问我妈说:"英杰他每天都是这样吗?"

"是啊,有时候会去你三妹的店里坐坐,其他时间就都在家了。"我妈说,"我让他找同学去,他说都没来往了,我让他找朋友去,结果他说,他没朋友。"看着英杰的样子,我妈又自言自语,"他每天回家后就这样坐在电脑前,跟谁都不想交流。我有时候都担心,你说英杰现在身体好了,但是不是又得了自闭症啊?我感觉他现在不想跟任何人说话。"

6.

康复之后，英杰在北京学了两年的阿拉伯语言。因为非典，他就回到了家里。后来，我三妹在赤峰开了个拉面馆，英杰就在里面帮她打下手，工作不忙，只上半天班。其他的时间，他就在家里玩游戏、上网、看书，生活既简单又乏味。

他从来没考虑过以后，每天就过着懒散的生活：早晨，在三妹家的店里一坐就是半天；下午就回到家玩游戏，在电脑前一坐，就又是半天。

我想到，在英杰还很小的时候，曾经有一年，他说要买个步步高学习机，能学习，也能打游戏。我们一听，觉得英杰多掌握点儿计算机技能，对以后有帮助，就买了一台给他。

几个月后，我和学松再次回家，我爸妈拿着那台学习机，找到学松说："这机器坏了，怎么操作都不行，不能学语文也不能学数学了，就只能玩游戏了。"

学松试了一下，果真只能进到游戏的界面。"这是怎么回事？"他纳起了闷。

"这个我们也不懂。"我爸妈指指英杰，说，"家里也只有英杰懂这个。"

于是，学松便趁英杰午休的时候，拿起了那个学习机的键盘，发现后面的螺丝贴纸已经开了封。学松找到一把螺丝刀，拆开后，看到凡是能进学习界面的按键弹片都被英杰掰断了，导致键按下去了没反应。

学松很生气，直接把那机器砸了，对英杰吼道："于英杰，我明天给你买台新的，买一台只能学习，不能玩游戏的机器！我看你以后还怎么玩！"

因为这事，我还跟学松吵过一次架。我觉得他训我弟弟训得太严厉，而他觉得，我们对英杰过于溺爱，保护得太厉害。

英杰是2010年结的婚。在那之前，我爸在2009年被查出来肺部硬化，并且不可以再生。我们了解过很多得这种病的人，他们相继在三年间全走了，我们也找了北京肺部研究所，都说只能活三年。但我们没有放弃，把我爸的生命延长到了2017年，让他多活了很多年。

在这些年里，我爸见证了他儿子的康复，见证了他娶妻生子……在去世之前，他能亲眼看到这些愿望的实现，这对我爸来讲，非常重要。可接下来的问题是：

我们还能照顾英杰多久？

有一次，学松问我说："媳妇，你最大的愿望是什么？"

"希望我们一家人的生活和和美美。"我说完，又问他："你呢？"

"我曾经有一个愿望……"学松并没有直接回答，只是说，"媳妇，我既然娶了你，那你的优点、你的缺点、你的家庭、你的一切，包括你的弟弟，我都要接受。所以，你知道我的愿望是什么吗？"他犹豫了下，说："我之前最大的愿望，就是希望英杰的身体能够早日康复。"

"这个愿望在2000年实现了。"学松继续说，"可是下一步，我希望英杰能够死在你我之后……毕竟我们比英杰大一轮，我们有很大的概率比英杰先离开这个世界。可是媳妇，你有想过吗？英杰现在在家里还能受到你父母和你妹妹的照顾，但等到某一天，我们不在了，留下英杰一个人孤零零地在这世界上，那时候，他应该怎么办？"

我想了想，是啊，我们比他大很多，我们现在还可以照顾他，但这样的照顾不可能持续一辈子的。英杰他是一个男人，应该活得顶天立地，而不是三十岁了还像个孩子一样闷在家里。

我希望他能把他人生的路走得更好更远，我希望我的弟弟于英杰在没有我们的日子里，能够活得像一个真正的男子汉。

7.

我看着三十岁的英杰专心玩游戏的背影，想到学松的话，心里感慨万千。

想到此刻的他已经是两个孩子的父亲了，我忽然发觉到我错了。

在家里，我们不能提英杰残疾，甚至凡是一看到电视里有关于残疾人的画面，都要赶紧换台。虽然英杰现在治好了，但行动时，仍然能够看出一些有异于正常人的地方。我们担心他的自尊再次受到影响。

我们担心外面的风风雨雨对他造成伤害，担心他受到刺激，却从没想过这样下去，他会成为一个怎样的男人。

因为他的病，这些年，英杰养成了被人照顾的习惯，他的自发力不够，所有的事情都是我们在推着他走，甚至包括他的婚姻和家庭。对于他来讲，已经习惯了我们这样的安排。但此刻，他已经三十岁了，不能再这样闷在家里。

他现在是我父母的儿子，是我于月仙的弟弟，更是他爱人的丈夫，还是他孩子的父亲。

渐渐地，我开始担心英杰的未来，我担心他不能成为一个顶天立地的人。

作为一个男人，身在这世上，要先自立，再自强。

但到底能不能自强，那是英杰他自己的事情，我们谁也帮不上什么忙。

想到这里，我一把将英杰从椅子上拽起来。

"于英杰。"我说，"你给我出来。"

"去哪儿？"他问。

"去看世界。"我说，"你已经老大不小了，你得去外面闯一闯。"

"我不敢。"英杰说，"我在家里太久了，我不能面对面地跟人沟通，我不希望别人看到我真实的样子。"他指指身前的电脑，说，"我从小到大，因为身体的原因，被同学们鄙视，被朋友们欺负，我已经习惯了这样不与人打交道的生活了。在网络上，我会活跃一点儿，我可以放纵自己，但在现实生活里，我已经不敢跟人打招呼了……姐，你就让我在家里闷着吧。"

"不可能！"我说，"即便我们给了你这么多的保护，你也不能总是活在自己的世界里，你得去挑战一下，不然以后你会废掉的！作为姐姐，我可以照顾你，但我不能帮你去照顾你的孩子，你孩子要由你自己去承担！于英杰，你有想过吗？你要是继续现在这样子，直到将来你孩子懂事了以后，他们会纳闷，为什么我们的父亲整天都待在家里？为什么我们的父亲和别人不一样？如果将来他们理解你的难处还好，可如果不理解，那你怎么面对他们？"

见英杰没有说话，我继续问他："作为一个男人，难道你要一直靠家里养着吗？难道你不想有一番你自己的事业吗？还是甘心这样像行尸走肉一样地活着？你已经三十岁了，随着年纪一天天增长，你要去审视这些问题！"

英杰一直没说话，只是坐在那里发呆。我说："你要做一个真正的'户口本'，做我们老于家的顶梁柱，你要找到你的人生价值，树立你的自信，找到你一生为之执着的东西。"

想了一会儿，他关掉了电脑，忽然问："姐，我能做到吗？"

"为什么不能？我们老于家就没有孬货！"我说，"于英杰，三十年河东，三十年河西，你从现在去闯给你的老婆看，告诉她你是一个很棒的男人，去闯给你的孩子们看，让他们知道你是一个多么厉害的父亲！于英杰，大风大浪的生死你都经历过了，这些历练算什么？"

犹豫了一会儿，英杰的眼泪闪烁着泪光，他点了点头，说："姐，我行吗？"

"你行。"我说，"我弟弟于英杰，你一定行。"

我的姐姐"谢大脚"

于英杰

1.

2005 年下半年，大姐在《乡村爱情》中饰演"谢大脚"，这是她第一次正式走进本山传媒的电视剧组。

《乡村爱情》是一部典型的农村剧，剧中的人物很多，每个人物都很鲜活，人物的特点和造型都是由姐夫赵本山亲自确定的。大姐饰演的"谢大脚"经营着"大脚超市"，是十里八村有名的媒婆，敢恨敢爱。

剧中的人物还有"刘能""赵四""广坤""长贵"等，分别由姐夫赵本山的几个二人转弟子扮演，他们在电视剧《刘老根》《马大帅》中都扮演过重要角色，在姐夫赵本山"生活流"的导演套路中如鱼得水，非常出彩。

而大姐的任务，就是把年轻人衬托好。

跟上次进《马大帅》剧组客串相比，大姐这次正式进入《乡村爱情》剧组的压力更大了。"谢大脚"是个长线人物，跟姐夫赵本山手下的这帮二人转弟子们几乎都有对手戏。这帮二人转演员对农村生活非常熟悉，有的就是本色出演，穿上服装就进入人物了。他们表演的随意性很强，即兴的东西很多，经常不按套路出牌，搞得跟他们搭戏的演员措手不及。

但姐夫赵本山对他们这种表演方式又很认同，这对我姐是一个巨大的挑战。

2.

她要演好"谢大脚"这个人物，第一步就是要适应他们的表演节奏，融入这个特殊的团队，让他们接受她。但同时，她也要保留自己内心的戏剧节奏，按照自己对人物的理解来刻画"谢大脚"，让人物鲜活而又富有灵魂。

如果挑战成功，我相信，她会在表演的生涯上探索出一条新的道路。

而挑战的第一步是要打破自己的形象。"谢大脚"是一个性格泼辣的中年农村妇女，与大姐的年龄和形象反差很大，她必须要把自己晒黑，然后以最快的速度增肥。

晒黑我姐还能接受，但快速增肥实在让她有些纠结。

有一天大姐哭着给姐夫张学松打电话，说要自毁形象了，内心很挣扎。

没想到，姐夫张学松很支持大姐："你再胖我也不嫌弃你！我相信你一定能演好！"他对大姐叮嘱道："想当一个好演员不能只顾漂亮的脸蛋！"

人物造型敲定后，拍戏磨合的过程更加痛苦。

姐夫赵本山经常当着二人转演员的面批评大姐表演不到位，有表演痕迹。他批评人时一点儿情面都不留，大姐好多次关起门来自己哭，好几次都想打退堂鼓。可是，她又咽不下这口气。冷静思考后，大姐下定决心要一拼到底。

一定要用自己的演技征服他们。

3.

"谢大脚"这个人物是大姐第一次饰演东北农村妇女的形象。为了让这个人物从外表上就能让人感到真实，她故意增肥了十多斤，然后每天穿着萝卜裤和40码的鞋出去晒太阳，把自己晒黑，还和村民们唠嗑儿。

说起这双40码的布鞋，给大姐留下的印象就太深了。她平时都穿37码的鞋，所以只能在布鞋里塞上棉花，一穿就是三个月。由于大布鞋难找，坏了也没得换，连鞋底都掉了也不能扔，只好贴上胶带继续拍戏。

现在大家都习惯了叫她"大脚",但其实,她的脚并没有那么大。

大姐每天起早贪黑琢磨人物特点和表演方式,光"谢大脚"走路的姿势,就在房间里练过无数遍,反复推敲哪种走路的姿势和说话的语调更有乡土味。

"谢大脚"戴的红手套是大姐自己设计的,常用的小红包和穿的大鞋子都是我姐自己从地摊上淘来的。功夫不负有心人,姐夫赵本山也看到了大姐的刻苦和进步,开始在拍摄现场表扬大姐了:"小仙科班出身,有股子拼劲!相当不错!"

而与大姐演对手戏最多的是"长贵",他也多次感叹说:"'大脚'这个人物演得太棒了!我从她身上学到了很多东西!"

甚至,有一次我还听到姐夫赵本山嘀咕说:"咋演来演去,感觉'谢大脚'成了女一号呢?"

4.

2006年国庆节后,《乡村爱情》在央视一套黄金时段播出,大姐因"谢人脚"而火遍全国,被全国观众所熟识。

之后发生了很多有趣的事，比如老家赤峰的人见到我爸爸不喊"老于"了，改喊"老谢"。我爸郁闷地说："怎么她拍个戏，还拍得把我的姓都改了？"

我另外两个姐姐也被老家的朋友亲热地叫着"谢二脚"和"谢三脚"。

尤其是我三姐，和大姐太像了，有时上街被人握着手不放，非要她签名，还说："握着你的手就和握着你姐姐的手一样。"

那年春节期间，有天下午老爸让我叫大姐出去一会儿。那时我正在玩电脑，十分不情愿地去叫大姐："姐，爸让我叫你出去一下，说有几个老邻居要和你照个相。"

大姐跟我出门一看，呵，这哪里是几个人呀？足足四五十人哪！

他们自发从家里拿来小板凳，有序地排好了队形，还请来专业的摄影师拍照，照完大合影后又分别单独合影，让他们照了个够。我姐十分调皮地对老爸说："爸，不是说几个人吗？怎么给我组了个粉丝团？"

我老爸认真地对我姐说："都是好邻居，人家喜欢你才会和你照相。小仙哪！以后不管发展到什么程度，都不能忘了这些好邻居！"

有颗星星在闪耀

1.

在这之前，赤峰以外的城市，英杰最远也就只去过南京和北京。去南京是为了治病，去北京是为了看我——似乎，他人生前三十年的生活就只是围绕着治病和姐姐来展开。而现在，我计划要终结他这种碌碌无为的生活，要彻底改变他懦弱又内敛的个性。

可是，应该怎么做呢？

"这简单。"学松听了我的困惑，告诉我说，"既然英杰他怕见人，那么你就专门带他见人，哪里人多，你就带他去哪儿，他怕什么，你就带他挑战什么。"

我想了想他的话，没错，身体的疾病可以由医生去整治，但精神上的弱点，需要他自己去克服。往后，英杰他怕什么，我就要带他去挑战什么。

2013年，由农业部主办的中国"美丽乡村快乐行"活动在黑龙江正式启动。我姐夫赵本山作为形象大使，带着刘老根大舞台的演员们，开始了一场盛大的全国巡回演出。

我虽然并不是本山传媒的职工，但也因为《乡村爱情》与这些可爱的演员们结缘，作为志愿者受邀参加，同他们一起做活动。演了一两场后，我发现这个活动的观众们都特别热情：我们一般早上九点开始演出，但很多乡亲半夜三点就来了，他们自己带着菜饭和铺盖，早早地在舞台下等着，甚至，还有人提前几天就从隔壁村子携家带口地赶来，就为了看一场几个小时的演出。

每次我们演完之后，他们还不散场，一路小跑地跟着我们大巴车送我们走。

有一天，我们演出结束后，本山传媒的艺术总监刘双平老师忽然感慨地说："来之前真的是想不到啊，竟然会有这么多人，这个活动太有意义了！"他看向我，说："月仙，你知道吗？我们前两天算了下，一场活动大概得有两万多名观众，真是史无前例！"

两万多！我睁大了眼睛，这个数字让我惊讶。我之前只顾着在台上表演节目，从来没有意识到，下面竟然坐着这么多的人！

我忽然发现，这个活动十分适合于英杰。

他不是怕见人吗？我们这公益活动一次就两万多的观众，有那么多双眼睛盯着，看他还能躲到哪里去。

于是，我连忙回家，连拖带拽地把他带了出来。

2.

在去公益活动的路上，为了给他鼓气，我先带英杰见了四个不同的人。

第一个是个盲人。虽然看不见，但他眼盲心不盲，自己研究了一套盲人按摩的手艺，就靠着这一双灵巧的手，接连开了二十多家盲人按摩店。英杰看到了他，刚开始不敢说话，他就主动走过来，用手摸着英杰的脸，说："于英杰，你要去闯。你比我好，因为你有一双看得见的眼睛，你可以感受到这个五彩缤纷的世界。而我没有，我是看不到的，我只能用这双手在黑夜里盲目地摸索——我多么渴望拥有一双像你一样明亮的眼睛啊，可惜我没有。"

"英杰你知道吗？我小时候最大的理想是能有一辆属于我自己的车，于是我疯狂地赚钱、攒钱。当我现在买到了我理想的车后，我才发现我开不了，因为我看不见啊！"他叮嘱道，"英杰，你比我强，快用你的眼睛去看这个美丽多彩的世界吧！"

第二个是个村主任。他从小残疾，失去了两只胳膊，可他没有放弃奋斗，反而带着全村的人一起奔小康。他看见英杰，感慨道：

"于英杰，你比我好，你虽然个头不高，但你有一双宽大的臂膀，你可以去拥抱任何人，但是我不行。"他用头指指自己两侧空荡荡的衣袖管，"你看，我吃饭喝水都得要人喂，就连上厕所都得有人把我抱到马桶上。你比我强，你的生活可以自理，你可以活得相当有尊严。"

"喂，于英杰。"他交代道，"你替我去拥抱这个世界吧！"

第三个是福建一位有名的木雕大师黄老师。他年轻时就得了喉癌，年纪轻轻就失去了声音。当时的医生说他只能活五年，可到现在，他已经活了快二十年了。他送了英杰一件木雕作品，连比带画地用手语鼓励英杰："于英杰，你可以表达，你可以赞美……但我不行，你得去拼，你得让全世界听到你发出的声音……"

他边比画，边用喉咙"呜呜呃呃"地发着声音，另一个人在旁边给英杰翻译。翻译到一半，英杰打断了他，冲上去，拥抱了那位老师，然后轻轻地点了点头。

第四个是我天津西双塘的一位老朋友。我年轻时曾在那里拍过戏，其间认识了他。他跟英杰一样，也是个脊椎侧弯的病人，但不同的是，他并没有把生活的重心都放在他的病上，反而考上了村官，成了一名村干部。他见到英杰，驼着背跟他说："于英杰，你看看我，我六十多岁了，也没治病，但现在不依然活得好好的吗？我是这个村的村主任，现在带着全村人奋斗，一年收入好几个亿。"他指指远方的一栋高楼，骄傲地说，"你看，我还给村里建了一个'待嫁楼'，谁家的女儿要是结婚了，就住这里，一结婚就分房。这都是我的成绩！"

"于英杰，你现在康复了，能挺直腰杆做人了，这很难得。"他催促道，"你比我健康，比我高大，更比我年轻，你有大把的青春可以去拼搏，你不能厌！快去闯荡吧！"

回来的路上，英杰一言不发，我也没有主动跟他搭话。直到几天后的夜里，英杰吃完晚饭，忽然自顾自地开口："姐，我比他们好。"

"好？好什么？"我不解。

"我说，我比他们身体好，比他们年轻，比他们有活力。"

我知道他讲的是什么了，我点点头，没说话。

"他们如今的成就也是一点一滴拼搏出来的。我相信，我于英杰也可以的！"

我依然没说话，但表面上默不作声，内心却备感欣慰。我抬头仰望深邃的夜空，发觉有颗星星在闪耀。

人生的这条路，他要自己走，这份闯荡的勇气，他要自己拾起来。

3.

2013 年 11 月，"美丽乡村快乐行"到福建漳州一个县城里演出，我便把英杰也带了过去了。刚下车，一个演员朋友看见英杰，就好奇地问："这小伙子是谁？"

我以前也跟朋友们多少讲过一些英杰的故事，但大家都只是听说，却没真的见过。"这就是我那个跟病魔搏斗了十年的弟弟。"我按着英杰的肩膀，说，"咱们这不是公益活动嘛，我就带他一起当志愿者，做些他力所能及的事情。"

刚开始，英杰只是作为一个观众，在舞台下面和乡亲们一起欣赏演出。看了一两场之后，忽然有一天，他主动找到我，说："姐，我发现某个节目不错，但要是你们能改进一下，我觉得效果会更好。"

没等我接话，他就自说自话地演了起来，边演边跟我讲，这段应该怎么改，那段需要如何优化。我看着他认真的模样，想到了二十年前，我偷考中戏时，他也是这样在一旁给我这个姐姐出谋划策。

时间过得真快，那时，我还担心他活不过十八岁，而现在，他已经三十岁了，正走在成为一个男子汉的路上。

因为我们做的是公益，提倡的就是正能量，所以，大家有个不成文的规定，就是每次活动后，都要把自己的心得体会写成一段话发到群里，与朋友们分享，互相鼓励。

有一天，我看到英杰也在朋友圈里写了一段话，大意是他参加活动的感悟，满当当地写了一千多字。我看完，跟他说，"哎，写得挺棒啊！没看出来，我这个弟弟文笔还不错。"

他不好意思地笑笑，没吭声。

"你别光自己写，也发出来给大家看看！"说着，我就把他也拉到了活动的分享群里，怂恿他把他的心得体会也粘贴进来。一来二去之后，刘双平老师看到了，就直夸他的文笔好。

刘双平老师在本山传媒担任艺术总监，也在新闻办和艺术监督创作委员会就职，负责舞台节目的创新、监管和审核，是一位很有经验的文字工作者。能够得到他的认可，我衷心地为英杰感到自豪。

4.

或许是从小被人当作怪物而孤立了太久的原因，来到组里之后，英杰给大家留下的第一印象，是谦让。

有一次，大家一起坐大巴车回宾馆，英杰第一个上车，但他一看见后面的人也要上车，他就站在了车前，让后面的先坐，遇到年龄大的，他就扶一把；遇到东西多的，就跟着搬行李。有些人不知道，以为英杰是大巴车里的服务人员，也欣然接受了他的礼让。

可是，等到最后大家都坐下了，英杰这第一个上车的人，反而没了地方坐。

我看他一路站着，就想把位置让给他。他百般推托拒绝。我急了，就责怪英杰说："你以后先上车了就坐，别老让着，多吃亏呀！"

"没事，姐。"他说，"吃亏是福。"

"吃亏是福没错，但不能老让人欺负你呀！"

"没人欺负我。"英杰解释，"我身体不好，就当锻炼了。"

下车后，英杰还积极地忙前忙后、熟悉环境，甚至贴心地自费给其他工作人员买水，叮嘱大家别中暑了。因为我们是户外演出，演员们上厕所向来都是一个大问题。于是，英杰每次到一个新的村子，第一件事就是打听卫生间在哪儿。有一次，刘双平老师去厕所，向英杰打听位置，他把刘老师领过去后，也没离开。等刘老师从厕所出来时，发现英杰还站在门口守着他。

刘老师吓了一跳，说："你站这儿干什么？"

"这村里的路不好走，七拐八绕的，我怕您一会儿找不到路，就在这等您。"说着，英杰还从兜里掏出了一包湿巾给他。

“不错啊，小伙子很有眼色。”刘老师接过后，擦了擦手，问，“你叫什么名字。”

“哦，我叫于英杰，是演出的志愿者。”在组里，他只说自己叫于英杰，从来不跟别人多介绍和我之间的关系。

刘老师听了后，觉得这名字耳熟，回忆了半天后，才想起来："你不就是总在群里分享感悟的那个人吗？没想到你不但文笔好，人还这么机灵。"

5.

但英杰也有一个不好的地方，就是他太怯懦了，尤其是人一多的时候，他就总往我身后躲。每次他一躲，我就把他从我身后拽出来。我说："弟弟，你要跟姐姐并肩作战，你不要躲，要敢于用眼睛看他们，要敢于直视他们。"

“我害怕我说错话……”

“说错又怎么了？大不了得罪个人！”我说，“有姐姐我罩着你，怕什么？”

“我担心……”

“你担心的东西太多了，不需要！”

为了克服他怯懦的性格，有一天，我在后台看到一个二人转演员正在热场，我们俩挺熟的，我就找到他说："喂，你能不能帮我一个忙？"

"啥事？"他说。

"一会儿你是不是需要工作人员跟你搭戏？"

他点点头。

我指指台下的英杰，"好，那搭戏时，你就喊他上台，他叫于英杰，你喊他上，记住了，他要是不上，你就拼命喊，直到他上台为止。你能帮我吗？"

"放心吧！"他拍拍胸脯，"这事包我身上。"

等到了那个翻跟头的环节时，英杰正在舞台下看得起劲儿，那位演员忽然对着话筒说："现在，我们需要几个工作人员来跟我配合一下。"装模作样地观望了一会儿，他说："咋还差个人呢？那么……有请我们的于英杰上台！"

于英杰——这名字怎么这么耳熟？英杰摇头晃脑地四下观望了好一阵子，才反应过来是在叫他。他慌得不行，又想往我身后躲。

"躲啥呀？"我说，"人家这是在叫你上台呢。"

观众们不理解，以为这是安排好的情节，就跟着演员们一块儿起哄，喊着于英杰的名字。

那个演员一看英杰不动，就跳下舞台，把英杰拽了上去。上台后，英杰紧张得六神无主，满脸通红，他不敢正眼看前面的观众，就把头深深地低着，用两只手捂着脸。

"于英杰，你看前面啊！"那演员说着，就开始领掌，对台下大喊，"他要是不看前面，你们就使劲儿鼓掌啊！"

台下的两万多名观众一听，就齐刷刷地鼓起了掌，掌声雷动。

渐渐地，英杰迎着那巨大的声浪，终于抬起了头。

6.

下了舞台后，英杰找到我，问："姐，这肯定都是你安排的吧！"

"是啊！"我说，"刺激不？"

"你太过分！"他生气地说，"你知道我有多害怕吗？这么好的一个演出，我别上去给人整砸了。"

"关键这也没整砸啊，"我说，"你表现得不错嘛，比我想象的还好哪！"我哈哈大笑，又问他："你除了害怕以外，还有什么感觉？"

"还……还有点小兴奋。"他答道，"我站在舞台上，看到下面密密麻麻的脑袋，心情可复杂了，既紧张又高兴，其实啊，"他补充说，"我直到下了台之后，才反而感觉到蒙了。"

"一开始有点儿紧张是正常的。"我安慰道,"毕竟这是你人生第一次上舞台。"我拿起相机,给他看他在舞台上的照片,"你看,你表现得多好。"

自那以后,英杰找到了上台的乐趣,忽然就有了表演的欲望。每次演员搭戏,他都主动要求上台,久而久之,甚至发展到根本就不用人叫,一听说台上缺人,他自己就主动蹿上去了。

再后来的有一天,我路过后台,听到英杰小声地跟人讨论说:"喂,你说啊,我现在老给别人配戏,要是将来有一天,也有人给我配戏就更好了。"

会有那么一天的,我在心里说,一定会的。

7.

我们一路演出,到了江西的时候,英杰已经彻底跟剧组的人混熟了。他和别的演员同吃同住同演出,再也不缠着我了,而大家也很喜欢英杰身上的谦让和礼貌,更觉得他能吃苦,不娇气,也喜欢同他在一块儿。

有一天,公司安排我们在一个饭店里吃饭。那天队伍有三十多号人,但主要是汉族,只有我跟英杰两个回民。因为我们毕竟饮食上有区别，我就带着英杰单独开了一个小包间，点了两三个回民菜，刚吃了一会儿，刘双平老师便推门而入。

他一进来，就给我赔罪，说："哎呀，谢大脚啊，不好意思，我忘记了你是回民，没给你们预备，还得让你们自己花钱开小灶，多不好啊！"

"没事。"我说，"我们本来就是志愿者，理应食宿自理。"

"这样多不好！毕竟你们也是无偿演出的，怎么还能让你们贴钱呢？这顿饭我请了！"说着，刘老师就坐了下来，又添了一两个菜。放下菜单后，他才注意到我旁边坐着的英杰，想到这就是那天在厕所门口给他递纸巾的小伙子，便问："哎，你怎么在这儿？"

"他叫于英杰，是我弟弟。"我介绍道，"也是来这里做志愿者的。"

"啊？"他一拍桌子，"你怎么不早说你是谢大脚的弟弟啊？"说着，他便问英杰现在做什么工作，在哪里上班，为什么文字功底这么好。

我一看问题这么多，就替英杰解释说，我弟弟以前得过一场大病，痊愈后，因为身体不好，就一直在家里闷着，没事就看看书、上上网，是个宅男。

得知英杰赋闲在家，刘老师不高兴了，斥责道："这么优秀的小伙子，一天到晚地待在赤峰老家干吗？太屈才了！"说着，又看向英杰，问他："你平时喜欢做什么？"

英杰想了半天，才支支吾吾地说："喜欢……喜欢看看书，写点儿东西。"

"那太好了！"刘总一听，又高兴地拍了拍桌子，"我身边正好缺人呢！"可能是多喝了点儿，他就滔滔不绝地自说自话了起来。他说："你们不知道，我现在主管本山传媒新闻口的工作，每天有一堆的稿子要写，忙得不行。前阵子，我一直想给公司找一个合适的人……实不相瞒，公司里的这些演员，表演底子都很好，嘴皮子也很溜，但文字功底太弱了。人的文学修养是厚积薄发的一个漫长的过程，不是一天两天就能养成的。我找了很久都没找到合适的人。"

我没太明白刘老师的话，握着筷子，没敢接茬儿。

见我没反应，他更着急了："在遇见英杰之前，我其实已经培养几个人了。有些试了半年多，发现确实不行，悟性太差；有些觉得还不错的人呢，可人家一结婚生了小孩儿，就不来了。你也知道咱们这工作的特殊性，总得全国四面八方地跑，有很多人不愿意干这个。"

"所以……"还没等我回话，他就自顾自地问起了英杰的态度，"于英杰，你愿意来我们本山传媒工作吗？"

这话让我有点儿蒙。在这之前，我只是想带英杰走出家门锻炼一下，挑战自己，从没想过让他来本山传媒工作。虽然赵本山老师是我的姐夫，但这些年，我从来没考虑过安排任何一个亲属到这里工作。

我看向英杰，发觉他的眼里闪烁出无限的热情。我知道，他对这个事情有兴趣。

"这事我也经过深思熟虑，想了很多天了，也是一直在观察，我只是不知道……他竟然是你的弟弟。"刘老师说，"你要相信我看人的眼光，我特别看好英杰，他真的很适合这个工作，他曾经罹患过那么严重的疾病，经历过生死，有坚韧不拔的意志力，平时也不多言不多语，很有涵养，而这么好的文字功底更是难能可贵。"

最后，他说："你不能让他一直就在家闲着，他真的是个人才！"

我能看出英杰向往这份工作，但我没有一口答应下来。"这样吧，"我说，"我们家毕竟跟本山传媒沾亲带故，我得避嫌，所以，该走的流程还是得走——不光你们公司的流程，我家里的人我也得挨个跟他们说一下，听听他们的意见。"

回来后，我挨个跟家里人聊，先找到我妈，又找到我大姨、我姐夫、我表哥……经过了层层汇报和层层批准，确认他们都不反对时，我才把电话打给了我姐。她当时在新加坡，一听这事，就兴奋地说："这不挺好的事情吗？你还犹豫啥？赶紧带着英杰去报到吧！"

2013年12月25号，我在铁岭拍我老公导演的电视剧《男人四十要出嫁》，忽然得知赵本山姐夫当天在本山传媒的办公室里，但晚上还要外出，我便问了他是几点的飞机，一算好时间，就迅速从铁岭赶到办公室，找到他，把情况说一说。

"没问题！赶紧报到吧！"他说。

有了这句话，我才彻底安心了，把英杰交到了刘老师的手上。走之前，我对他说："英杰，你就在这里工作吧，以后就靠你一个人奋斗了。"

8.

自那之后，我就又投入到《乡村爱情》和其他影视剧的拍摄中了。再次跟英杰见面已经是一年之后的事情了。2015年元旦，本山传媒要在刘老根大舞台举办一台跨年晚会，邀请我参加。我一想到今年这么忙，难得聚一次，就把家里的人都叫来了，一起放松放松。

在进演播厅前，有一个用来暖场的外场演出。我带着我妈和两个妹妹一起看得津津有味时，忽然发现其中一个演员，正是英杰，他正在台上说相声！我一惊，心想这小子进步这么快，都能登台演出啦？

那天，英杰反而比我们还要忙。外场演出完后，他跟我们打了个招呼，就又马不停蹄地带着演员们奔赴另一个场子。两个小时后，他演完了，才顾得上跟我们打招呼，一边道歉，一边安排我们吃饭。他问我们想吃什么喝什么，还给我们安排住处，照顾到每一位宾客的感受。

虽然多少受到了英杰的"冷落"，但今天看到的这一切，都是我们以前在家里见不到的场景。想到英杰以前躲起来不愿与人交流的样子，再看看现在他独当一面、跑前跑后、迎来送往的状态，仅仅一年的时间，他从一个不愿意跟外面接触的宅男，到现在闪闪发光的样子……想着想着，我妈就眼含热泪，又哭了起来，边哭边鼓掌问我，"这是我儿子吗？"

她一哭，我的两个妹妹也绷不住了，也跟着哭了起来。

我劝我妈说："老太太哭啥？儿子出息了，这不挺好的吗？"又瞅瞅两个妹妹，边笑话她们，边自己也擦起了眼泪。

雨果在经典著作《海上劳工》里写道：命运有它神秘的大权，它可以使用它的武器，打击我们的精神生活，而失望是心灵上的贫困，只有最伟大最坚强的意志，才能抵抗。

打开通往世界的门

于英杰

1.

手术出院后，虽然我的身体已渐渐好转，但因为长年累月被罗锅挤压，康复后，我的外形看起来仍和常人有明显的区别。走在路上，我经常能够感觉到别人对我的指指点点：

"你看那个人长得好奇怪。"

"是啊——像个猩猩。"

每当听到这种话，突如其来的自卑就像瘟疫，能够瞬间将我吞噬掉。我讨厌这种异样的眼光，它会让我联想到儿时那些不怀好意的玩伴，我只要闭上眼睛，脑海里就全是他们捉弄我的模样。

我是个懦弱的人，我想要逃离那样的回忆。

在这个时候，我遇到了互联网。我的第一台电脑是大姐送给我的。她希望我通过网络接触更大更广阔的世界，交到更多的朋友。当我点开浏览器的那一刻，我觉得自己终于找到了理想中的生活。

在网上，我可以和朋友们肆意玩笑，谈天说地；我和他们在游戏里冒险厮杀，闯关打怪；我在论坛和文学网站里看最新的小说，让思想天马行空；偶尔，我也会在网上贴一些我写的文章跟网友们分享，有些人看完后，会在网上给我留言，夸奖我写得还不错。

我知道，互联网中的每个人都戴着面具，我也是，我们戴着面具沟通、交流，成为无话不谈的朋友。互联网给了我自尊，给了我知音，给了我一个避风港。

当我习惯了这样的生活后，我就舍不得摘下我的面具了。渐渐地，我的心已经拒绝了同现实社会和解。

是我自己关上了那扇和真实世界沟通的门。

2.

可大姐她没有放弃。2013年11月，她忽然回到家，看着我一言不发，几天后，她终于忍无可忍地找到我。"于英杰，难道你想这样在虚拟世界里生活一辈子吗？"

在虚拟世界里生活一辈子？我想了想，那样不也挺好吗？在现实生活中，他们歧视我，嘲笑我，欺负我，不理解我，觉得我于英杰是个怪胎；可是在虚拟世界里，我能够跟正常人一样肆意地活着。这样有什么不好吗？

"当然不好。"大姐她表情严肃地看着我，我很多年没见过她那样庄重的神情，"你不可能在网上躲一辈子。"

我知道她说的是什么意思，但我辩解道："可是我想以我舒服的方式去生活。"

"你舒服的方式？"她指指电脑，"就是成天坐在这一米见方的小角落里吗？如果你喜欢这样的生活，那我又何必花那么多精力去治好你的病？难道你忘了医生对我们说过的话吗？"

大姐说的是我手术满一年后，邱主任对我姐说的那句话："带他去看看更精彩的世界吧！让他活出一个无悔的人生。"

"姐……"我祈求她，"我不想去看世界，你就让我活在网络上吧，这样挺好的……"

"这样不好！"她斩钉截铁地说道，"于英杰，作为姐姐，我终有一天会老，会死，我和爸妈不能照顾你一辈子。作为家人，我们只能治好你身体上的伤痛，但你精神上的困顿，你需要靠自己的力量走出来。你说你可以活在网上，你说那样的生活令你舒服，可是你有没想过吗，你已经有孩子了，难道你要他们和你一起活在网上，永远不跟外面的世界接触吗？难道你想做一个没用的父亲吗？你希望以后别人问起来你家孩子时，他们告诉别人说'我的父亲不敢出门，每天只活在网上'吗？"

　　她拿出一张儿时的全家福，那年的我还没有罹患恶疾，我骄傲地站在姐姐的旁边，调皮地对着镜头做着鬼脸。她指着照片说："于英杰，你曾经答应过我的，你要做我们老于家的顶梁柱，要做老于家的'户口本'。你要说话算数，你不能骗我！"

　　我看着那张照片，想到这些年家人对我的付出，久久地一句话也说不出来。

　　"跟姐去看世界吧，于英杰。"她说，"下个月我要去参加'美丽乡村快乐行'，你也跟我一起去吧。"

　　我知道那个活动，那是由赵本山姐夫作为形象大使，由农业部主办的全国巡回演出，那么重要的一个活动，我能去吗？我去了万一给人家添乱，万一把事情办砸了怎么办？我脑海里闪现出一万个拒绝的理由，但最终都只汇聚成了一句话："我……我行吗？"

　　"行！"她斩钉截铁地说，语气一如既往地强烈，给人动力，"一定行的，因为我们老于家的人没有孬货。"

　　我说："好，那我努力，不给你于月仙丢脸。"

3.

　　为了给我勇气，鼓励我更好地出发，在去"美丽乡村快乐行"

之前，大姐先带我见了四个人，四个残疾人，但他们不像我一样自怨自艾感叹命运的不公，他们身残志坚，都活出了自己了不起的人生！

印象最深的是天津西双塘的一位老者。他患了跟我一样的病，见我的时候只能弓着腰，他说他不觉得这样就低人一等，这反而给了他更多前进的动力。他就这样佝偻着背，带着全村人奋斗，一年收入好几个亿。

我到现在都记得他对我说的那句话："于英杰，你比我健康，比我高大，更比我年轻，你有大把的青春可以去拼搏，快去闯荡吧！"

几十年了，他都没有治好他的脊梁，可在我的眼中，他却活得比任何人都要高大。

姐，我想像他一样，顶天立地，做一个对社会有用的人。

4.

在"美丽乡村快乐行"里，因为姐姐的一次恶作剧，我"被迫"登上了舞台。那是我人生中第一次上台，镁光灯照着我的眼睛发昏、腿发麻，我都不知道我自己说了些什么，甚至连怎么下来的都不记得了，我只知道，那天我忐忑地下了台后，全场掌声雷动。

渐渐地，我上台帮人搭戏的次数越来越多。但我明白，在舞台上，我不是鲜花，而是衬托主角的绿叶。可是，谁不希望自己能够成为一朵灿烂绽放的花呢？

我忽然就找到了人生的目标。

机缘巧合之下，姐姐把我介绍给了本山传媒的艺术总监刘双平老师。刘总和我一见如故，他希望我留在本山传媒，配合他做宣传工作，写写文章、拍拍照片。我对这份工作挺有兴趣，但又考虑到家里跟本山传媒沾亲带故的原因，得避嫌，所以我便有点儿犹豫。

后来，还是赵本山姐夫发话了。他说："这不是挺好的事情吗？还犹豫啥？"

于是，姐姐就"隆重"地把我交给了刘总。她离开的时候，对刘总说："我这个弟弟一辈子没吃过什么苦，以后就麻烦刘总多照顾了。"

"照顾？"刘总说，"不用人照顾的，我相信英杰的能力！"

我真的可以吗？我又想到那天站在镁光灯下的场景，那么多人，那么多双眼睛看着我，炽烈而热情。我想，我应该是可以的吧，毕竟谁的勇气都是一点一点积累出来的，谁的人生都不是随随便便就能成功的。

我想到大姐的奋斗史。这几十年来，她也是靠她自己的努力才有了今天的成就。而现在，我有这么好的平台，有这么多贵人扶持，我更没有不努力的借口了。

我如果做不好，那能对得起谁呢?

我发誓，我要拿出我对生活和工作最大的热情和动力，去回报那些爱我的人。

我可以的，我相信。

传　承

1.

　　我第一次见到百惠时，已经是她出生的第五十五天了。当时我从外地拍戏回来，得知他们还在医院坐月子时，便直奔医院。我刚进门，百惠就用肉乎乎的小手指着我，嘴里含含糊糊地喊着："du，du。"

　　英杰一听，乐了，说："姐你看，这小丫头一生下来，就知道喊你姑姑呢。"

　　我明白这只是一种牙牙学语的巧合，但这种巧合让我觉得很暖心——du、du、du，姑、姑、姑。我满心都在想：这是我弟弟的孩子，这是我们于家生命的一次延续。可这是个女孩儿……我想到当年我和两个妹妹出生时，我的爷爷奶奶看都不看我们一眼，甚至还责怪我妈说："这媳妇只能生女孩，一点儿用处都没有。"

　　我不由得担心我那个重男轻女的父亲——他是否可以接受百惠？

　　"没事！姐！"英杰好像看出了我的忧愁，他说，"你知道吗？咱

198

爸当时看见百惠出生，高兴得不得了，直接冲到门口超市，买了两斤喜糖，逢人就发！有人接到糖后，就问咱爸说，'你这么开心，是不是家里生儿子了？'咱爸说，'不，是女儿。''女儿？'人家不理解，笑话咱爸说，'生女儿还这么高兴，缺心眼啊？'"

我一听这话，紧张道："那咱爸咋说？"

"'别看不起人！生女儿怎么了啦？'咱爸对他们吼道，'我们老于家的女儿跟儿子一样棒！'"

2.

百惠还不会说话时，就很护着英杰。她虽然听不懂我们说的什么，但特别会观察我们的语气和说话的状态。有时候，我们不小心对英杰说话的语气重了一点儿，她就哇哇地大哭，边哭边找英杰抱。等到再大一点儿，会说话了，她就小嘴一撇，对我们说："我爸爸，这是我爸爸，你们不能吼！"

我说："好好好，我们不吼，我们对百惠的爸爸客客气气的。"

有一次，英杰去外面出了几天差，忙完还没到家时，百惠就问说："姑姑、姑姑，我爸爸什么时候回来呀？"

我当时在做饭，就说："晚上你爸爸就回来了。"

她说:"好,那晚上我们吃什么呀?"

我跟她说了几个菜,她听了,鼓起胸膛说:"那我也要给爸爸做菜。"

我老公就说:"那让百惠给我们手撕白菜吧。"

于是,百惠就找了个小盆,搬了个板凳,接过白菜,一片一片认真地撕了起来。

我老公拿起一片菜叶子逗她,说:"百惠,你这个菜撕得不行,不整齐,你得每一片都撕得大小一样才行,不然你爸爸不爱吃的。"

她一听,连忙找了把尺子比着,把每一片菜叶子都撕得整整齐齐。最后我们一看,全部的菜叶子都一样大。

她撕完菜叶,又说:"我还能给爸爸做点什么?"

我便问:"那你除了择菜外,还会做什么呢?"

她想了想,就撸上袖子,说:"我会擦桌子!"

我说:"行啊,那把桌子抹一下吧。"

那天她把桌子擦得特别的干净,连桌子缝里的灰都没放过。

等到晚上天黑了,英杰还没回来,她就问:"怎么等了一天了,我爸爸还不回来呢?"

我说:"还没到点儿呢,你再等等。"

"我爸爸万一丢了呢?"她担心道。

我哈哈地笑了起来，说："不可能，你爸爸那么大个人，怎么可能会丢?"

又过了一会儿，她忽然站起来，说："不行，我要去接爸爸!"

我只好给英杰打电话，问他到哪儿了。英杰说快到地铁站了，我就对百惠说："走吧，我带你去地铁站接爸爸。"

我们到了地铁站，百惠伸着小脑袋四处地望，一会儿说"爸爸是不是走丢了啊"，一会儿说"爸爸是不是不认路啊"，一会儿说"人多，爸爸会不会看不见咱们啊"。

直到英杰回到家，她还是不放心地攥着英杰的手指头，好像一松手爸爸就会不见了一样。

晚上吃饭时，我的几个朋友也来了，和学松一起喝酒。百惠看着他们推杯换盏，忽然站了起来，拿起杯子，让学松也给她倒了一杯，然后，她把酒拿给英杰说："爸爸喝酒，这个好喝。"

"爸爸不会喝酒。"英杰说着，又问，"你喝过啊? 不然，你怎么知道这个好喝?"

"我没喝过呀!"她挠了挠小脑袋，"我是看他们都在喝，就觉得这个一定很好喝，就想让我爸爸也喝一点儿。"

3.

　　2016 年，我开始筹备我个人导演的第一部电影《我的无色世界》，是个儿童片。那时候，我爸还没有过世，他知道了，就给我打电话，问这片子是讲什么的啊，都是谁演的啊。我就说，这电影是讲一群小孩子在大草原上奋斗的故事，演员是几个少年宫推荐的孩子，都很不错。

　　我爸说："那我们家于百惠演什么啊?"

　　"百惠? 她不演啊。"

　　我爸当时就不高兴了："怎么别人家的孩子能演，我孙女就不能演了?"

　　"哎? 你现在怎么让女孩儿演电影了!"我气不过，"你以前不是不让我演吗?"

　　"那是以前!"我爸也理直气壮地说，"现在我让了!"

　　"好嘞，爹!"我说，"有你这句话，我就放心了。"

　　我便带着小侄女于百惠一起草原去拍戏。一开始，她还有点儿害羞，常常一个人在小角落里坐着不吭声。忽然有一天，我正在跟几个演员讲戏，她跳出来说："大姑，你这个不行，语气不对!"说着，就自己演了起来。我看着她的样子，恍惚中就入了神，想到了我二十二岁那年，英杰佝偻着腰，给我搭戏的时光。

拍电影很苦，常常需要辗转多个场景拍摄地，尤其是内蒙古的草原，都是土路，有时候一走就是一天，而剧组的服装又大小各异，不一定完全合身，有一天晚上，我二妹于月宏在给百惠洗澡时，忽然发现她的脚上起了一个巨大的脓包。医生看了后，说这是因为鞋子长期不合脚，而导致的化脓感染，现在时间太长了，要治疗的话，得把脚指甲连根拔掉才行。

我一听，心想那得多疼啊。我就问百惠说："你脚上的泡泡长了那么久，怎么不跟大人说呢？"

她噘着小嘴，不吭声。

我担心她疼迷糊了，就问："你到底疼不疼？"

"你说呢？"她低着头，小声地答道。

我说："我认为特别疼，疼到冒汗，疼到钻心，疼到人浑身都在打哆嗦。"

她说："是的，就是这个感受。"

"那你为什么不说？"我责怪道，"多让人担心哪！"

"我不想说。"她抬起头，却又不敢看我，"我怕说了……你们就不要我了。"她咬了咬牙，"大姑，你们别让我回家，别让我回赤峰，我能坚持。"

我看着她坚定的样子，想到弟弟曾经在病床上默默承受的苦痛，我说是，百惠能坚持，百惠像爸爸一样能坚持。我们的百惠和她的爸爸一样勇敢，不惧任何伤痛的折磨。

4.

因为剧组的演员大多都是小孩子，我们为了鼓励他们，就经常组织他们在一起表演。百惠看到了，就找到我说："大姑，我也想上去和小朋友们一起表演节目。"

"好啊!"我说，"你想演什么，朗诵还是唱歌?"

她说都有。

我说："那你回去准备准备，五天以后，下一次表演，我也让你参加。"

回到房间后，百惠偷偷问我妹妹于月宏说："二姑，我该怎么练啊?"

月宏说："我怎么知道? 我又不是你大姑。"

"可总得有人教我呀，"百惠说，"不然我一个人怎么练哪?"

"一个人怎么不能练?"月宏说，"你大姑当年考大学也是自己练的。"

百惠听了后，想了一会儿，说："既然大姑可以，那我一定也可以！"

然后，她就找月宏借了个手机，自己练自己录。五天之后，她第一次上台，居然演得很不错，先是唱歌，又是诗朗诵，台下一百多个观众都夸她表现得好。

她听到有人夸她，得意扬扬地对我说："大姑，这些是我自己一个人练的，我将来也想像你一样厉害！"

我说："好的好的，你将来一定会比大姑还优秀。"

5.

百惠会唱一首歌，歌词是："我有一个家，幸福的家，爸爸妈妈还有我从来不吵架，爸爸去挣钱，妈妈管着家，三人相爱一样深，我最最听话。"因为歌词里有爸爸，所以我们管它叫"爸爸歌"。

她特别喜欢这首歌，逢人就唱。于是，我建议她下次和小朋友们一起表演时，也唱这首歌。她听了以后摇摇头，说："我爸爸不在，不能唱。"

那天，电影拍完了，我们举行了盛大的杀青仪式。在仪式后台，百惠忽然找到我说："大姑，我特别想上去唱首歌。"

我说："对不起啊百惠，今天的杀青仪式是大人们的活动，你也是观众，得在下面看着。"

"可是，我今天想唱'爸爸歌'。"

"怎么忽然想唱啦？"

"因为……因为今天我爸爸从北京赶回来了，他就在下面看演出，我想把这首歌唱给他听。"

我老公听了，便对我说："媳妇，让孩子上吧，这是你自己电影的杀青仪式，今天你说了算。"

我说："好，大姑给你机会，你去准备准备，一会儿就上台！"

于是，在活动快结束时，百惠作为压轴上台，唱了那首"爸爸歌"，英杰没有想到她给自己准备了这么一个巨大的惊喜，在台下边听边鼓掌，边鼓掌边抹眼泪。

6.

春节时，中央电视台《综艺盛典》节目的导演找到我，说要做一个新春特别活动，希望我能带着孩子一起参加。我说我也没生过孩子啊，身边只有个小侄女。

"那她都会什么啊?"导演问。

我说:"会唱歌,会诗朗诵,我弟弟从小就教她《弟子规》,她还会背诗人王怀让的《我骄傲,我是中国人》,这个她特熟。"

导演一听,大喜说,那太合适了。于是,我就让英杰专门回老家接百惠,还带着蒙古袍的演出服,进到了中央电视台的演播大厅。上台前,导演组的人还担心说:"那么大一段台词,她能记得下来吗,要不要我给她准备提词器啊?"

我说:"不用,她没问题,我小侄女于百惠跟她父亲于英杰一样棒。"

我按着百惠的肩膀,叮嘱道:"上去之后,你要面对观众,当灯光一亮,音乐响起来时,你就在心里默默数十个数,然后再起词,语速不要快,内心要有感情,能做到吗?"

她说:"能。"

我从来没有对她说过"别害怕",也压根儿不问她紧不紧张,因为我知道,我们老于家的孩子向来什么都不怕。

几个月后的某一天,我又遇见了当时的那个导演,他跟我说,那一期节目是他们2017年的收视率总冠军,而百惠出现的那个时段,收视率最高。

7.

英杰的工作越来越忙，出差越来越频繁。家里常常只有我和妹妹在陪着百惠。

有一天，月宏不知道从哪里买来一个鱼罐头。她打开，刚准备吃的时候，百惠却忽然跑过来说："二姑，我过敏，我不能吃鱼。"

月宏纳闷说："是啊，我知道，本来也没打算给你呀！"

"那……鱼罐头好吃吗？"百惠有点儿好奇。

"好吃！"月宏夹起一块，塞进嘴里。

"很好吃吗？"

"是啊，很好吃！"

"那……那你也留一点儿给我爸爸吧，他还没吃过呢！"

月宏逗她说："不行，我都要吃掉。"

百惠不高兴了，说："于英杰是你弟弟，是你亲弟弟，你都不说给你弟弟留点！"见她还在吃，就气呼呼地提高了嗓门儿，"二姑，你就吃吧！你都这么胖了！你会更胖的！哼！"

等我回来了，她就向我告状，我说："没事，回头我们买一箱好吃的鱼罐头给爸爸。"

她就又喋喋不休地问："那我爸爸到底啥时候回来呀？"

我说："你爸爸忙，他出差去做公益了。"

"做公益啊？那我爸爸都会干什么呢？"

"你爸爸于英杰可厉害了，"我说，"他会写文章，会摄影，会很多很多的本事。你现在还小，等长大了你就知道，你有一个多么伟大的爸爸。"

她听完后点点头，又问："那大姑，你说爸爸会想我吗？"

我说："当然想啊！百惠这么可爱，爸爸一定想死你了！"

她一听，忽然搬过来一个大大的纸箱子，跳了进去，然后从箱子里翻出一张纸条。"大姑，你给我写个字吧，"她把纸条递给我，说："我想把我寄给我爸爸。"

8.

我常常担心，将来百惠长大了，认识了更多小朋友后，会慢慢开始审视自己的父亲和别人的不同之处。我害怕英杰会让她感到难堪，担心她那个时候的心理成长，怕她会承受不了别人对自己的嘲笑和苛责。

可后来我想通了，谁不是这样长大的呢？在漫漫的人生路上，我们每个人都是这样辛苦地活着，我妈妈那隐忍的一生，我这坎坷的一生，我弟弟苦难的一生，我们每个人都经历着不同的风吹雨打。而幸运的是，每次在最艰难的关头，都有亲人在陪伴着我们。

那天下午，我抱着百惠在睡觉。时近黄昏，天色将晚，微风徐徐吹来。这时，百惠忽然坐了起来，她问我说："大姑，你怎么不要孩子呀？"

我也坐起来，抱着她说："因为我有百惠呀，有你们这些家人就够了。"

"那你们为什么都对我这么好呢？"

"因为我是你大姑呀，你是我弟弟于英杰的孩子。而于英杰是你爸爸，我们要对他好，也要对你好。"

她想了想，似懂非懂地说："那我长大了以后，也要像你们一样对爸爸好。"

我说："好，百惠要对爸爸好，我们也对爸爸好。"

我们一家子，以后都要好好的。

来自未来的光

于英杰

1.

2014年7月21日，我和姐姐去南京鼓楼医院见邱勇医生。当时脊柱整形外科的门口，站满了和我一样的患者，他现在已经成了全国知名的专家教授，每天忙个不停。见到我们一行人，他欣慰地说："我行医几十年了，治好了无数的病人，但你们是唯一康复后还来看我的人。"他又对我进行了详细的检查，说："英杰，你恢复得不错，可惜，受当时的医疗条件所限，我们只能治疗到那个程度，如果当时有现在的技术的话，相信手术的效果一定能比现在还要好。"

说着，他拿出手机，直接就找出了我当年住院的照片。"你看，以前是这样的，现在……"他拍拍我的肩膀，"长得真高！"

我没想到这么多年过去了，他手机里竟然还留着我的照片。

如果说，我的爸妈给了我第一次生命，那么，邱勇医生无疑就是给了我第二次生命的人。

211

我真的要好好谢谢他。

我感谢生命里遇到的每个温暖而炙热的人，他们让我相信这个世界有爱，让我不曾孤单。我希望我也能把这份爱传递下去，让每个和我一样罹患恶疾的人，都能燃起对生命的热爱，都能再度鼓起走下去的勇气。

那些和我一样的人，我希望这本书成为你们的小小光芒，陪伴你们走过每一个难熬的日子。

也请你们不要放弃对生活的希望。

2.

《乡村爱情》成了中国历史上最长的电视连续剧，大姐扮演的"谢大脚"又是其中的长线人物。之后，大姐和姐夫张学松成立了"于月仙影视工作室"。姐夫张学松为本山传媒导演的电视剧《男人四十要出嫁》取得了全国收视率第三的好成绩，此剧表达了农民工在城市打拼、实现自我价值、树立正确的人生观等主题，草根人物正能量，事业爱情双丰收。

可惜，因为工作越来越忙，大姐至今还没有小孩儿，我还没有抱到外甥。有一次，我又跟他们聊到这个话题，可姐夫却不以为然地看看大姐，说："我们有没有孩子都不重要，有小舅子你就够了。"

每当想起姐夫说的话，我就又惭愧又自豪。

我惭愧的是，这些年来，我也没做出什么太大的成绩，有一阵子还消沉度日，辜负了他们曾经对我的期望。

而我自豪的是，这些年来，无论我遭遇到什么事情，他们都没有放弃过对我的鼓励和鞭策，生命里总有那么几个人在陪伴着你，让你感受到家的力量和爱的温暖。

我从不孤单。

我希望有朝一日，我也能做出一番成就来，让我的姐姐和姐夫感到自豪和欣慰。

我也想成为他们的光。

谢谢你们。

3.

2011年4月29日，我的大女儿于百惠出生了。

2013年4月，我的小女儿于百哲出生。

她们出生的时候，我特别忐忑，因为重男轻女这种老思想已经在我父亲的脑海中根深蒂固了，他们把传宗接代这事看得太重，他们盼望了一辈子，期待了一辈子，我不想让他们失望。

可在我的眼中，这两个女孩儿跟男孩儿一样可爱。

我从来没有觉得生女孩儿和生男孩儿有什么区别，只要她们努力、上进，她们一样可以有精彩的人生——就像大姐那样。

百哲出生后，我偷偷找到父亲，跟他道歉。我说："爸，对不起，我生了俩孩子，都没给你生出个胖小子来。"

"嗨，这有啥?"想不到，老头子却看得挺开，"咱们老于家的女孩子，跟男孩子一样棒!"

4.

八岁的时候，我的身体开始佝偻。我妈带我见过一个庸医，庸医煞有其事地装神弄鬼一番，最后得出结论：我命犯天煞孤星，注定活不过十八岁。

后来，这话不知道被谁听到了，便在我的小伙伴们中传开了，人人都说于英杰是个灾星，跟他在一起会有不幸的事情发生，还说我成年的那天就会死。

那时候的我最怕过生日，不但是因为缺少朋友们的祝福，更是担心那个十八岁的诅咒。

当时我看了一本书，书上说，每个人的人生都像是一场没有目标的长跑，没有人知道终点线在哪里。

是啊，别人的终点线，在遥不可及的那头，可我的人生也许就是一场短跑，终点线，就在那触手可及的十八岁。

随着我的腰越来越弯，我的朋友也越来越少。我曾经一度对那些日子感到绝望。这种绝望是重复的噩梦，让我在每个夜里惊醒，我偷偷地擦干眼泪，再让眼泪偷偷地流。

我常常问我自己：既然我的生命那么短暂，那这样苟且又窝囊地活着，还有什么意义？

就像一个众人唾弃的笑话。

后来，十八岁那年，我的姐姐带我直面那个诅咒。在南京的鼓楼医院里，我看到那么多和我一样佝偻着腰的人，我才发现，他们都跟我一样，在和这样的命运做着艰难又不屈不挠的抗争。

我躺在病床上的时候，姐姐常常会趴在床前，一言不发地看着我。她眼神复杂，充满着旁人读不懂的情绪，可我知道她在想什么，她不想失去这个弟弟。

直到现在，我闭上眼睛，还能回想起我躺在手术台上的那个下午，医生用刀剖开我的身体，把一根根缠绕在一起的血管剪开，将我的内脏小心地拿起来，重新归位，摆放整齐，将我已经挤压变形的身体打碎再组合，最后用线一针一针地缝好。

以前我会被那种撕心裂肺的疼痛吓醒，但现在，我只觉得命运真是如此神奇。

毕竟，最黑暗的日子，只要熬过去了，人生里的其他挑战就不会让你感到害怕。

所以，我连生死的挑战都渡过了，那之后的日子里，还会有什么事情让我于英杰感觉到恐惧呢？

5.

回首我三十多年的人生，我曾经常常抱怨着命运的不公，也常常对生活感觉到失望。我被病痛折磨，被旁人歧视，但最终也一次又一次地燃起了活下去的斗志和希望。

有一天，演出结束后，观众们带着孩子在后台和演员们合影。忽然，有个小男孩儿，指着我说："叔叔，为什么你长的与他们不一样啊？"

"不一样吗？"我笑笑，说，"没觉得啊。"

走出剧场的那天，阳光正好，晒在身上暖暖的。我看我身边忙

216

碌的同事们，想到我和他们一样在台上表演，在台下生活，我没觉得有什么区别；我和你们一样，在夜里睡去，在白天醒来，我没觉得有什么区别；我和所有人一样，对生命充满敬畏，对生活充满热爱，对家人充满感恩，我没觉得有什么区别。

父亲死前曾嘱托我说："英杰，虽然你个子不高，身体也不好，但你有强大的精神。有机会的话，你可以把你的故事写下来，把你和你姐姐的经历写下来，拿给我们的亲戚和朋友们看，拿给你的孩子们看，拿给那些和你患了一样疾病的人们看。我相信，这会给他们一点儿鼓励的。"

是啊，在读这本书的人，我希望能将这份热情和动力传达给你。它虽然写的是我和姐姐的故事，但也是每一个在人生中遇到波折和挑战的人的故事。

我感谢这一路陪伴我走过来的人，你们让我变得更好，也感谢那些曾经欺负和歧视过我的人，你们让我变得更强。因为有这些爱和恨，我才能更充分地体会人间的情感和历练。

我更要感谢我的姐姐，如果还有来生，我还想做你的弟弟，我还想做老于家的儿子。

而对我这曾经苦难的一生，我也要表示感谢，我想对老天爷说，这样的人生就算让我再来一个轮回，我也不怕。

因为我知道，我的家人们，一直都在我的身边。

因为这样有爱的人生，我从来没有感觉到孤单。

愿你我都不负这一世的时光。

友情推荐

赵忠祥   （著名主持人）

中国好姐弟——为于月仙、于英杰姐弟情深题。

李双江   （著名歌唱家）

谨以挚诚的心，祝英杰美满幸福。

斯琴高娃   （著名表演艺术家）

作者以细腻笔触书写了一段人生传奇，向读者展现了一个不屈的灵魂，
祝小老乡于英杰先生谱写出人生道路上新的壮美诗篇。

姜　昆   （著名相声演员）

自强不息。

乔　榛   （著名朗诵家）

澄怀观道，与英杰共勉。

崔永元   （著名主持人）

姐姐献大爱，弟弟是英杰。

董　浩   （原央视主持人）

为于英杰喝彩，让世界充满爱。

翟俊杰   （原八一电影制片厂导演）

英杰是位体内装有钢钉的残疾人，然却是一条棒棒的男子汉！正是这位
"钢钉硬汉"写了一本书，讲述了自己笑对人生、顽强励志、热烈拥抱
生活、在关爱中成长的感人至深的故事。老兵我眼睛湿了。相信读者诸
君读后也会从心底涌出与我同样的感受：感恩、意志、豪情……在为实
现中华民族伟大复兴中国梦的新征程中，我们需要的正是这种坚定的意
志和一腔豪情啊！生活是美好的。感恩新时代！祝福英杰！

马德华   （著名表演艺术家）

身残志坚！这句话送给英杰是贴切的！英杰身体虽有残疾，但他的意志

力，比一般正常人还要强大！祝愿于英杰的著作早日呈现在读者面前。让广大读者在其字里行间，感受到英杰的坚强！分享到英杰的真爱！

于广华　　　　　　　　　　　　　　　（原中央电视台常务副台长）
放眼未来，英杰成功！

高　峰　　　　　　　　　　　　　　　（原中央电视台副台长）
天高亦可飞，海广亦可源。

贺　彩　　　　　　　　　　　　　　　（"全民悦读"发起人）
你以你的努力，诠释了生命的另一种美丽。于家于国，自当英杰，为你喝彩！

刘　流　　　　　　　　　　　　　（《乡村爱情》"刘大脑袋"饰演者）
进取、坚毅，是你的未来！

毕铭鑫　　　　　　　　　　　　　　　（央视主持人）
于英杰弟弟，你是一个很了不起的人，为你点赞为你加油！

刘和刚　　　　　　　　　　　　　　　（著名歌唱家）
用人生智慧、勤奋讲的故事，一定是励志、阳光、充满正能量。于英杰就是这样一位听了让人心疼，看了让人敬佩的作家。

严当当　　　　　　　　　　　　　　　（著名歌唱家）
祝于英杰弟弟，工作事事顺心，生活幸福绵长。

陈寒柏　　　　　　　　　　　　　　　（著名相声演员）
世上没有十全十美的人和事，五彩的人生是努力奋斗得来的！

李伟健　　　　　　　　　　　　　　　（著名相声演员）
于英杰用坚强的意志，让自己的人生，在茫茫人海中，掀起惊涛骇浪。

卓　林　　　　　　　　　　　　　　　（著名相声演员）
坚持自己的理想，前途一片光明。祝：英杰小弟有一个美好幸福快乐的人生。

王 丽 娜　　　　　　　　　　　　　　　　　（中央戏剧学院表演系教授）

于英杰：身残志坚，勤奋努力。

谢　芳　　　　　　　　　　　　　　　　　　　　（著名表演艺术家）

英杰：前程似锦。

张　目　　　　　　　　　　　　　　　　　　　　（著名表演艺术家）

世上没有笔直路，英勇向前莫退缩，奋斗！

殷 之 光　　　　　　　　　　　　　　　　　　　　（著名朗诵家）

身残志坚，做新时代的英杰。

卢　奇　　　　　　　　　　　　　　　　　　　　　（著名演员）

于英杰小友：有志者事竟成，望不断努力，将来大有作为。

朱　琳　　　　　　　　　　　　　　　　　　　　　（著名演员）

前程似锦，一生阳光。

吴　彤　　　　　　　　　　　　　　　　　　（《演员的诞生》制片人）

英杰：你是生活的强者，是我们的榜样。祝愿你健康幸福快乐。

张 国 强　　　　　　　　　　　　　　　　　　　　（著名演员）

不抛弃！不放弃！于英杰弟弟让我看到了美好！

翟 天 临　　　　　　　　　　　　　　　　　　　　（青年演员）

英杰：愿你可以做一个前进路上的朝圣者，因纯粹而快乐，因坚定而满足，勇往直前，不忘初心！

金 巧 巧　　　　　　　　　　　　　　　　　　　　（著名演员）

希望大家多多关注于英杰这本关于励志、关爱方面的书！谢谢！

曾格格、冯晓泉　　　　　　　　　　　　　　　　　　（著名歌星）

勤励耕耘，精彩人生。

衡　越　　　　　　　　　　　　　　　　　　　　　（著名歌星）

每天告诉自己一次，我真的很不错，于英杰加油！

汪 正 正　　　　　　　　　　　　　　（著名歌星）

身残志坚，幸福天天，只要努力，人定胜天！

秦　勇　　　　　　　　　　　　　（原黑豹乐队主唱）

感动我心姐弟情。

江　涛　　　　　　　　　　　　　　（著名歌星）

祝：于英杰弟弟发挥愚公移山的精神，积极乐观地面对人生。愿此书大卖激励更多的年轻人！

王 二 妮　　　　　　　　　　　　　（著名歌星）

生而不凡，必绽光芒。

毛 泽 少　　　　　　　　　　　　　（著名歌星）

人生总会有转机，只要你勇敢，不妥协。

简 弘 亦　　　　　　　　　　　　　（著名歌星）

当你看到自己不完美时，不要怕，面对它，接纳它，也让别人拥抱它。正是因为每个人身上都有不完美的地方，才有了契机，让不太完美的我们拼凑到一起，一起去创造一个完满的世界。

阿 郎 一 笔　　　　　　　　　　　　（书法家）

贺于英杰新书出版，拼搏进取再创辉煌博！人生能有几回搏！

旭日阳刚 王旭　　　　　　　　　　　（著名歌星）

于英杰：生命有限，努力无限！愿你健康平安幸福。

旭日阳刚 刘刚　　　　　　　　　　　（著名歌星）

生命中总会遇到困难挫折，你的坚强勇敢，值得每个人学习。相信自己，你是最棒的！英杰加油！祝幸福快乐永远。

小时姐姐　　　　　　　　　　　　　（央视主持人）

英杰吾弟：些许残疾仍不失男子汉，因为有爱，天地宽广无边。

（排序不分先后）

著名主持人赵忠祥亲自泼墨

于月仙（左一）三姐妹与父母全家福

幼年于英杰

少女于月仙在少年宫练舞

古灵精怪的少年于英杰（患病前）

用"气功"治疗病症时，第一次在外过生日的于英杰（左一）

青年于月仙

18岁的于月仙第一次出镜表演，拍摄国家教委的民族教育宣传片

18岁的于月仙（右一）演出中

21 岁的于月仙（第三排左五）同三妹于月智（第三排左三）参加学校表演

于英杰与姐姐于月仙，一同参加"中国美丽乡村快乐行"公益演出

刘双平与于英杰秘书的相声《睡觉》获得年会二等奖

2014 年于英杰与姐姐于月仙于南京鼓楼医院拜访邱勇医生

"户口本"于英杰（左一）、"大脚"于月仙（右二）、
"二脚"于月宏（左三）、"三脚"于月智（左四）、
爸爸（左二）、妈妈（右三）、姐夫张学松（右一）。

于英杰在姐姐于月仙身边，完成了这本书的全部创作

于月仙：

我跟着姬老师来到北京，他把一个牛皮纸信封递给我，说："于月仙，这就是你的大学录取通知书，之前我都不敢给你寄，怕被你们那儿的人扣住。"

他指指隔壁："与我这办公室一墙之隔的地方，就是咱们中戏的新生报到处，你赶紧去报到吧！"

"这次，谁也拦不住你了。"

于英杰：

有一天出了大太阳，病房的空气中满是青草的味道。

我问姐姐，我以后还能在太阳下跑步吗，好想痛快跑一次呀，跑累了，就躺在草地上。

姐姐说，一定能。

图书在版编目（CIP）数据

爱与热爱，让我们勇往直前 / 于月仙，于英杰
著. —北京：现代出版社，2019.4
ISBN 978-7-5143-7623-4

Ⅰ.①爱… Ⅱ.①于… ②于… Ⅲ.①传记文学—作
品集—中国—当代 Ⅳ.①I25

中国版本图书馆CIP数据核字(2019)第038470号

爱与热爱，让我们勇往直前

作　　者	于月仙，于英杰	
责任编辑	毕椿岚	
出版发行	现代出版社	
通信地址	北京市安定门外安华里504号	
邮政编码	100011	
电　　话	010-64267325　64245264（传真）	
网　　址	www.1980xd.com	
电子邮箱	xiandai@vip.sina.com	
印　　刷	三河市宏盛印务有限公司	
开　　本	880mm×1230mm　1/32	
印　　张	7.75	
字　　数	130千字	
版　　次	2019年4月第1版　2019年4月第2次印刷	
书　　号	ISBN 978-7-5143-7623-4	
定　　价	45.00元	